COLLECTION
FOLIO BILINGUE

La traduction française et son appareil critique ont été
remaniés pour la présente édition bilingue par
Michelle-Irène B. de Launay

Jonathan Swift

A Voyage to Lilliput
Voyage à Lilliput

Traduit de l'anglais
et annoté par Jacques Pons
d'après l'édition
d'Emile Pons

Gallimard

The Publisher to the Reader

The author of these Travels, Mr Lemuel Gulliver, is my ancient and intimate friend; there is likewise some relation between us by the mother's side. About three years ago, Mr Gulliver, growing weary of the concourse of curious people coming to him at his house in Redriff, made a small purchase of land, with a convenient house, near Newark in Nottinghamshire, his native country; where he now lives retired, yet in good esteem among his neighbours.

Although Mr Gulliver were born in Nottinghamshire, where his father dwelt, yet I have heard him say, his family came from Oxfordshire; to confirm which, I have observed in the churchyard at Banbury, in that county, several tombs and monuments of the Gullivers.

Before he quitted Redriff, he left the custody of the following papers in my hands, with the liberty to dispose of them as I should think fit.

1. *Gulliver :* La syllabe *Gull-* si souvent utilisée ailleurs n'offre aucun sens valable pour le contexte. Il faudrait plutôt admettre qu'on est en présence de la racine allemande *lüg,* « mentir », qui a servi à créer le nom de *Luggnagg,* et qui est soumise ici à une

L'éditeur au lecteur

L'auteur de ces *Voyages*, M. Lemuel Gulliver[1], est depuis très longtemps un de mes amis intimes. Nous sommes même un peu parents du côté de nos mères. Il y a environ trois ans, M. Gulliver, qui supportait mal d'être constamment assailli chez lui, à Redriff, par des foules de curieux, fit l'achat d'une petite terre, avec une agréable maison près de Newark, dans le comté de Nottingham, son pays natal. C'est là qu'il s'est retiré et qu'il vit entouré de l'estime de ses voisins.

Bien que M. Gulliver soit né dans le comté de Nottingham, je l'ai entendu dire que sa famille était originaire du comté d'Oxford ; j'ai en effet observé moi-même dans le cimetière de Banbury, dans ce même comté, plusieurs tombes ou monuments funéraires portant le nom de Gulliver.

Avant de quitter Redriff, il me remit en manuscrit l'ouvrage que nous publions ici, me laissant la liberté d'en disposer à ma guise.

anagramme. Le reste du mot se compose de l'espagnol *y*, « et », et du latin *ver(a)* : « les vérités ». « Mensonges et vérités », c'est la formule que Swift a fait paraître sous le portrait du capitaine Gulliver.

I have carefully perused them three times : the style is very plain and simple; and the only fault I find is, that the author, after the manner of travellers, is a little too circumstantial. There is an air of truth apparent through the whole; and indeed the author was so distinguished for his veracity, that it became a sort of proverb among his neighbours at Redriff, when anyone affirmed a thing, to say, it was as true as if Mr Gulliver had spoke it.

By the advice of several worthy persons, to whom, with the author's permission, I communicated these papers, I now venture to send them into the world, hoping they may be, at least, for some time, a better entertainment to our young noblemen, than the common scribbles of politics and party.

This volume would have been at least twice as large, if I had not made bold to strike out innumerable passages relating to the winds and tides, as well as to the variations and bearings in the several voyages; together with the minute descriptions of the management of the ship in storms, in the style of sailors : likewise the account of the longitudes and latitudes; wherein I have reason to apprehend that Mr Gulliver may be a little dissatisfied : but I was resolved to fit the work as much as possible to the general capacity of readers. However, if my own ignorance in sea-affairs shall have led me to commit some mistakes, I alone am answerable for them : and if any traveller hath a curiosity to see the whole work at large, as it came from the hand of the author, I shall be ready to gratify him.

As for any further particulars relating to the author, the reader will receive satisfaction from the first pages of the book.

RICHARD SYMPSON.

J'ai lu ces pages en entier, trois fois, et avec grand soin. Le style en est simple et dépouillé, et je n'y trouve qu'un seul défaut, commun d'ailleurs à tous les récits de voyages, c'est d'attacher un peu trop d'importance aux détails. L'ensemble donne une grande impression de vérité ; et il faut bien dire que l'auteur était si connu pour sa véracité, qu'il était devenu traditionnel chez ses voisins de Redriff, pour affirmer quelque chose, de déclarer : « Aussi vrai que si M. Gulliver l'avait dit. »

Après avoir consulté plusieurs personnes de bon conseil, à qui j'avais, par permission de l'auteur, communiqué son manuscrit, j'ose aujourd'hui présenter cet ouvrage au public, espérant qu'il fournira aux jeunes gens de la noblesse, au moins pendant un certain temps, un passe-temps plus profitable que les pauvretés de la politique et de l'esprit partisan.

Ce volume aurait été au moins deux fois plus important, si je n'avais pris sur moi d'en supprimer les innombrables passages relatifs aux vents et aux marées, ainsi qu'aux changements de cap et aux relevés de positions ; j'ai écarté également les descriptions minutieuses, en termes de marine, de la manœuvre des navires au cours des tempêtes ; de même que les énumérations de longitudes et de latitudes ; j'ai donc quelque sujet de craindre que M. Gulliver ne soit pas très satisfait, mais j'étais résolu à adapter autant que possible l'ouvrage aux capacités du lecteur moyen. Si, dans mon ignorance des choses de la mer, j'ai pu me laisser aller à commettre des erreurs, j'en revendique pour moi seul la responsabilité. Et si un navigateur a le désir de voir le texte intégral, en manuscrit, je serai très heureux de le satisfaire.

Le lecteur désireux d'avoir d'autres précisions sur la personnalité de l'auteur les trouvera dans les premières pages de ce livre.

Richard Sympson.

A Voyage to Lilliput
Voyage à Lilliput

CHAPTER I

*The author giveth some account of himself and family, his first
inducements to travel. He is shipwrecked, and swims for his life,
gets safe on shore in the country of Lilliput, is made a prisoner,
and carried up the country.*

My father had a small estate in Nottinghamshire; I
was the third of five sons. He sent me to Emanuel
College in Cambridge, at fourteen years old, where I
resided three years, and applied myself close to my
studies: but the charge of maintaining me (although I
had a very scanty allowance) being too great for a
narrow fortune, I was bound apprentice to Mr James
Bates, an eminent surgeon in London, with whom I
continued four years; and my father now and then
sending me small sums of money, I laid them out in
learning navigation, and other parts of the mathema-
tics, useful to those who intend to travel, as I always
believed it would be some time or other my fortune to
do.

CHAPITRE I

L'auteur donne quelques renseignements sur lui-même et sa famille, sur les premiers motifs qui le portèrent à voyager. — Il fait naufrage et tente de se sauver à la nage. Il parvient sain et sauf au rivage du pays de Lilliput. — Il est enchaîné et transporté à l'intérieur des terres.

Mon père avait un petit bien dans le comté de Nottingham. J'étais le troisième de ses cinq fils. Il m'envoya à l'âge de quatorze ans au collège Emmanuel à Cambridge, où je demeurai trois années durant lesquelles je m'adonnai à l'étude avec une grande application. Mais la charge de mon entretien (je ne recevais pourtant de ma famille qu'une très maigre pension) était trop lourde pour des gens de fortune modique : on me mit en apprentissage à Londres, auprès de Mr. James Bates, chirurgien éminent chez qui je demeurai quatre ans. Mon père m'envoyait de temps à autre de petites sommes d'argent que j'employais à l'étude de la navigation, et autres disciplines mathématiques, fort utiles à ceux qui songent à partir en voyage, car je prévoyais que telle devait être tôt ou tard ma destinée.

When I left Mr Bates, I went down to my father; where, by the assistance of him and my uncle John, and some other relations, I got forty pounds, and a promise of thirty pounds a year to maintain me at Leyden : there I studied physic two years and seven months, knowing it would be useful in long voyages.

Soon after my return from Leyden, I was recommended by my good master Mr Bates, to be surgeon to the *Swallow*, Captain Abraham Pannell commander; with whom I continued three years and a half, making a voyage or two into the Levant, and some other parts. When I came back, I resolved to settle in London, to which Mr Bates, my master, encouraged me, and by him I was recommended to several patients. I took part of a small house in the Old Jury; and being advised to alter my condition, I married Mrs Mary Burton, second daughter to Mr Edmond Burton hosier in Newgate Street, with whom I received four hundred pounds for a portion.

But, my good master Bates dying in two years after, and I having few friends, my business began to fail; for my conscience would not suffer me to imitate the bad practice of too many among my brethren.

Quand je quittai Mr. Bates, je retournai chez mon père dont la libéralité, jointe à celle de mon oncle John et de quelques autres parents, me mit en possession de quarante livres et de la promesse de trente livres par an, pour subvenir à mes besoins à Leyde[1]. C'est là que j'étudiai la médecine durant deux ans et sept mois, sachant de quelle utilité me serait cette science au cours de mes longs voyages.

Peu après mon retour de Leyde, je dus à la recommandation de mon bon maître Mr. Bates, l'emploi de chirurgien à bord de l'*Hirondelle,* capitaine Abraham Pannell. Je demeurai trois ans et demi sur ce navire, faisant un voyage ou deux dans le Levant et en d'autres régions. A mon retour je résolus de m'établir à Londres, ainsi que m'y encourageait Mr. Bates, mon maître, qui me recommanda à quelques-uns de ses malades. Je louai un logis, dans une petite maison d'Old Jewry[2], et comme on me conseillait alors de changer d'état, j'épousai une demoiselle Mary Burton, seconde fille de Mr. Edward Burton, bonnetier dans la rue de Newgate, laquelle m'apporta en dot quatre cents livres sterling.

Mais mon bon maître mourut moins de deux ans après, et le nombre de mes amis étant peu important, mes affaires se mirent à péricliter. Ma conscience ne me permettait pas de recourir à des pratiques répréhensibles, à l'instar de trop de mes confrères.

1. Leyde possédait depuis le XVIIe siècle une université et une école de médecine de réputation européenne.
2. La rue aux Juifs, l'un des quartiers réservés, depuis le temps de Cromwell, à la colonie juive de Londres, qui y avait une synagogue. Le texte anglais utilise la graphie ancienne.

Having therefore consulted with my wife, and some of my acquaintance, I determined to go again to sea. I was surgeon successively in two ships, and made several voyages, for six years, to the East and West Indies, by which I got some addition to my fortune. My hours of leisure I spent in reading the best authors ancient and modern, being always provided with a good number of books; and when I was ashore, in observing the manners and dispositions of the people, as well as learning their language, wherein I had a great facility by the strength of my memory.

The last of these voyages not proving very fortunate, I grew weary of the sea, and intended to stay at home with my wife and family. I removed from the Old Jury to Fetter Lane, and from thence to Wapping, hoping to get business among the sailors; but it would not turn to account. After three years' expectation that things would mend, I accepted an advantageous offer from Captain William Prichard, master of the *Antelope*, who was making a voyage to the South Sea. We set sail from Bristol, May 4th, 1699, and our voyage at first was very prosperous.

It would not be proper, for some reasons, to trouble the reader with the particulars of our adventures in those seas : let it suffice to inform him, that in our passage from thence to the East Indies,

C'est pourquoi, après en avoir délibéré avec ma femme et quelques amis, je résolus de reprendre la mer. Je fus successivement chirurgien sur deux vaisseaux et fis, durant six ans, plusieurs voyages aux Indes orientales et occidentales, ce qui me permit d'accroître un peu ma petite fortune. Comme j'étais toujours pourvu d'un bon nombre de livres, j'employais mes heures de loisir à lire les meilleurs auteurs anciens et modernes, ou, quand je me trouvais à terre, à observer les mœurs et les coutumes des hommes tout en apprenant leur langue, étude pour laquelle j'avais une grande facilité en raison de l'excellence de ma mémoire.

Le dernier de ces voyages n'ayant pas été très heureux, je me lassai de la mer, et pris le parti de rester chez moi, avec ma femme et mes enfants. Je quittai Old Jewry pour Fatter Lane, et m'installai ensuite à Wapping [1] dans l'espoir de me faire une clientèle parmi les matelots. Mais je ne trouvai là qu'un maigre profit. Après avoir attendu pendant trois ans que ma situation s'améliorât, j'acceptai une offre avantageuse du capitaine William Pritchard, commandant l'*Antilope*, qui s'apprêtait à partir pour les mers du Sud [2]. Nous mîmes à la voile à Bristol, le quatre mai mil six cent quatre-vingt-dix-neuf, et notre voyage fut d'abord très heureux.

Il ne convient pas d'importuner le lecteur par le détail de nos aventures en ces mers. Qu'il suffise de lui dire qu'avant notre arrivée aux Indes orientales,

1. Faubourg est de Londres, sur la Tamise.
2. L'un des noms les plus usuels donnés à l'océan Pacifique au XVIIIe siècle.

we were driven by a violent storm to the north-west of Van Diemen's Land. By an observation, we found ourselves in the latitude of 30 degrees 2 minutes south. Twelve of our crew were dead by immoderate labour, and ill food, the rest were in a very weak condition. On the fifth of November, which was the beginning of summer in those parts, the weather being very hazy, the seamen spied a rock, within half a cable's length of the ship; but the wind was so strong, that we were driven directly upon it, and immediately split. Six of the crew, of whom I was one, having let down the boat into the sea, made a shift to get clear of the ship, and the rock. We rowed by my computation about three leagues, till we were able to work no longer, being already spent with labour while we were in the ship. We therefore trusted ourselves to the mercy of the waves, and in about half an hour the boat was overset by a sudden flurry from the north. What became of my companions in the boat, as well as of those who escaped on the rock, or were left in the vessel, I cannot tell; but conclude they were all lost. For my own part, I swam as Fortune directed me, and was pushed forward by wind and tide. I often let my legs drop, and could feel no bottom : but when I was almost gone, and able to struggle no longer, I found myself within my depth;

nous fûmes chassés par une violente tempête vers le nord-ouest de la terre de Van Diemen[1]. Nous pûmes constater que nous nous trouvions alors par trente degrés, deux minutes de latitude australe. Douze hommes de notre équipage étaient morts d'excès de fatigue et de mauvaise nourriture; les autres étaient dans un état de grand épuisement. Le cinq novembre, commencement de l'été dans ces régions, le ciel étant très brumeux, les matelots aperçurent soudain un rocher à moins d'un demi-câble du navire. Le vent était si fort que nous fûmes poussés tout droit contre l'écueil, et notre navire se brisa aussitôt. Six hommes de l'équipage, dont j'étais, ayant pu mettre la chaloupe à la mer, parvinrent à s'écarter à la fois du vaisseau et du rocher. Nous fîmes, autant que je pus m'en rendre compte, environ trois lieues à la rame, jusqu'au moment où tout effort nous devint impossible, après l'extrême lassitude dont nous avions déjà souffert à bord. Nous nous abandonnâmes donc à la merci des vagues, et environ une demi-heure après, la chaloupe fut renversée par un soudain coup de vent du nord. Ce qui advint de mes compagnons de chaloupe, ou de ceux qui avaient pu s'accrocher aux récifs, ou de ceux encore qui étaient restés sur le navire, il m'est impossible de le dire, mais je crois qu'ils périrent tous. Pour moi, je nageai à l'aventure, poussé à la fois par le vent et la marée. J'essayais parfois, mais en vain, de toucher le fond; finalement, alors que j'étais sur le point de m'évanouir, et dans l'impossibilité de prolonger la lutte, je m'aperçus que j'avais pied.

1. La Tasmanie.

and by this time the storm was much abated. The declivity was so small, that I walked near a mile before I got to the shore, which I conjectured was about eight o'clock in the evening. I then advanced forward near half a mile, but could not discover any sign of houses or inhabitants; at least I was in so weak a condition, that I did not observe them. I was extremely tired, and with that, and the heat of the weather, and about half a pint of brandy that I drank as I left the ship, I found myself much inclined to sleep. I lay down on the grass, which was very short and soft, where I slept sounder than ever I remember to have done in my life, and as I reckoned, above nine hours; for when I awaked, it was just daylight. I attempted to rise, but was not able to stir : for as I happened to lie on my back, I found my arms and legs were strongly fastened on each side to the ground; and my hair, which was long and thick, tied down in the same manner. I likewise felt several slender ligatures across my body, from my armpits to my thighs. I could only look upwards, the sun began to grow hot, and the light offended mine eyes. I heard a confused noise about me, but in the posture I lay, could see nothing except the sky. In a little time I felt something alive moving on my left leg, which advancing gently forward over my breast, came almost up to my chin;

La tempête s'était considérablement apaisée. La pente était si insensible que je dus marcher près d'une demi-lieue avant de parvenir au rivage, que j'atteignis seulement, me sembla-t-il, vers huit heures du soir. J'avançai à l'intérieur des terres sur près d'un mille, sans pouvoir découvrir trace d'habitation ni d'habitants; ou du moins, j'étais trop exténué pour en apercevoir. L'extrême fatigue jointe à la chaleur et à une demi-pinte d'eau-de-vie que j'avais bue en quittant le navire firent que je me sentis fort enclin au sommeil. Je m'étendis sur l'herbe qui était douce et unie et j'y fis le somme le plus profond de ma vie, je crois. Et je pense avoir dormi plus de neuf heures, car lorsque je m'éveillai le jour venait de poindre. J'essayai alors de me lever, mais ne pus faire le moindre mouvement; comme j'étais couché sur le dos, je m'aperçus que mes bras et mes jambes étaient solidement fixés au sol de chaque côté, et que mes cheveux, qui étaient longs et épais, étaient attachés au sol de la même façon. Je sentis de même tout autour de mon corps de nombreuses et fines ligatures m'enserrant depuis les aisselles jusqu'aux cuisses. Je ne pouvais regarder qu'au-dessus de moi; le soleil se mit à chauffer très fort et la lumière vive blessait mes yeux. J'entendis un bruit confus autour de moi, mais, dans la position où j'étais, je ne pouvais voir rien d'autre que le ciel. Au bout d'un instant, je sentis remuer quelque chose de vivant sur ma jambe gauche, puis cette chose avançant doucement sur ma poitrine arriva presque jusqu'à mon menton;

when bending mine eyes downwards as much as I could, I perceived it to be a human creature not six inches high, with a bow and arrow in his hands, and a quiver at his back. In the meantime, I felt at least forty more of the same kind (as I conjectured) following the first. I was in the utmost astonishment, and roared so loud, that they all ran back in a fright; and some of them, as I was afterwards told, were hurt with the falls they got by leaping from my sides upon the ground. However, they soon returned, and one of them, who ventured so far as to get a full sight of my face, lifting up his hands and eyes by way of admiration, cried out in a shrill, but distinct voice, *Hekinabh degul :* the others repeated the same words several times, but I then knew not what they meant. I lay all this while, as the reader may believe, in great uneasiness : at length, struggling to get loose, I had the fortune to break the strings, and wrench out the pegs that fastened my left arm to the ground ; for, by lifting it up to my face, I discovered the methods they had taken to bind me ; and, at the same time, with a violent pull, which gave me excessive pain, I a little loosened the strings that tied down my hair on the left side,

infléchissant alors mon regard aussi bas que je pus, je découvris que c'était une créature humaine, haute tout au plus de six pouces, tenant d'une main un arc et de l'autre une flèche et portant un carquois sur le dos. Dans le même temps, je sentis une quarantaine au moins d'êtres de la même espèce ou qui me parurent tels, grimpant derrière le premier. J'éprouvai la plus inimaginable surprise et poussai un cri si étourdissant qu'ils s'enfuirent tous épouvantés. Quelques-uns d'entre eux, comme je l'appris par la suite, sautèrent du haut de mes côtes pour échapper plus vite, et se blessèrent en tombant. Néanmoins ils ne tardèrent pas à revenir, et l'un d'entre eux qui s'aventura assez loin pour avoir une vue complète de mon visage, levant soudain les mains et les yeux en signe d'émerveillement, s'écria d'une voix aiguë, mais distincte : *Hekinah Degul*[1]. Les autres répétèrent ces mêmes mots plusieurs fois de suite, mais je ne savais pas alors ce qu'ils signifiaient. Durant tout ce temps, je demeurai, comme le lecteur l'imagine, dans une très gênante posture. A la fin, faisant de grands efforts pour me libérer, j'eus la bonne fortune de rompre les fils et d'arracher les chevilles qui fixaient mon bras gauche au sol ; en le haussant jusqu'à mon visage je découvris de quelle façon on m'avait enchaîné. Au même instant, par une secousse violente qui me causa une douleur intolérable, je parvins à distendre un peu les ficelles qui retenaient mes cheveux du côté gauche,

---

1. *Hekinah Degul* : L'ensemble rappelle le français « Hé, qu'il a de gueule ! » et sert à exprimer l'admiration des Lilliputiens devant l'énormité du gosier de Gulliver. Il s'agirait donc d'un *pun* à base de français.

so that I was just able to turn my head about two inches. But the creatures ran off a second time, before I could seize them; whereupon there was a great shout in a very shrill accent, and after it ceased, I heard one of them cry aloud, *Tolgo phonac;* when in an instant I felt above an hundred arrows discharged on my left hand, which pricked me like so many needles; and besides, they shot another flight into the air, as we do bombs in Europe, whereof many, I suppose, fell on my body (though I felt them not), and some on my face, which I immediately covered with my left hand. When this shower of arrows was over, I fell a groaning with grief and pain, and then striving again to get loose, they discharged another volley larger than the first, and some of them attempted with spears to stick me in the sides; but, by good luck, I had on me a buff jerkin, which they could not pierce. I thought it the most prudent method to lie still, and my design was to continue so till night, when, my left hand being already loose, I could easily free myself : and as for the inhabitants, I had reason to believe I might be a match for the greatest armies they could bring against me, if they were all of the same size with him that I saw.

de sorte que je pus faire exécuter à ma tête un mouvement tournant d'un ou deux pouces d'amplitude. Mais ces êtres étranges s'enfuirent une seconde fois avant que je pusse mettre la main sur eux, et ce fut alors une explosion de cris perçants; après quoi j'entendis l'un d'eux s'écrier : *Tolgo Phonac* [1], et aussitôt je sentis sur ma main gauche s'abattre des centaines de flèches qui me piquaient comme autant d'aiguilles; puis ils lancèrent une autre rafale en l'air, comme nous lançons des bombes en Europe. Un bon nombre de leurs projectiles dut, je crois, me retomber sur le corps (mais en vérité je ne les sentis pas). D'autres tombèrent sur mon visage, que je protégeai aussitôt de ma main gauche. Quand cette grêle de flèches eut cessé, je ne pus m'empêcher de geindre de douleur, mais comme je faisais de nouveaux efforts pour me dégager, ils lancèrent une nouvelle rafale plus forte que la première, et quelques-uns tentèrent de me percer le flanc de leurs lances. Par bonheur je portais un pourpoint de buffle qu'il leur était impossible de traverser. Je pensai que le parti le plus sage était de me tenir coi, et résolus de demeurer ainsi jusqu'à la nuit, où il me serait facile, ma main gauche étant déjà libre, de me libérer tout à fait. Quant aux habitants, j'avais quelque raison de croire que je pourrais à moi seul tenir tête aux plus grandes armées que l'on m'opposerait, si tous du moins étaient de la même taille que l'homme que j'avais vu.

1. *Tolgo Phonac :* On reconnaît dans le premier mot la racine latine *tolle,* « enlevez » — suivie de la syllabe *go* qui peut être anglaise. Le deuxième mot paraît composé de deux éléments grecs, φον-, idée de meurtre, et ἀκ- (latin *acutus*), idée d'arme tranchante. L'ensemble peut donc signifier : « Allons, tuons-le ! »

But Fortune disposed otherwise of me. When the people observed I was quiet, they discharged no more arrows : but, by the noise increasing, I knew their numbers were greater; and about four yards from me, over-against my right ear, I heard a knocking for above an hour, like people at work; when, turning my head that way, as well as the pegs and strings would permit me, I saw a stage erected about a foot and a half from the ground, capable of holding four of the inhabitants, with two or three ladders to mount it : from whence one of them, who seemed to be a person of quality, made me a long speech, whereof I understood not one syllable. But I should have mentioned, that before the principal person began his oration, he cried out three times *Langro dehul san* (these words and the former were afterwards repeated and explained to me) : whereupon immediately about fifty of the inhabitants came, and cut the strings that fastened the left side of my head, which gave me the liberty of turning it to the right, and of observing the person and gesture of him who was to speak. He appeared to be of a middle age, and taller than any of the other three who attended him, whereof one was a page who held up his train,

Mais la fortune devait disposer de moi tout autrement. Quand ces gens virent que je me tenais tranquille, ils cessèrent de me tirer des flèches, mais je devinai au bruit grandissant autour de moi que leur nombre se multipliait ; à environ deux toises de mon corps, au niveau de mon oreille droite, j'entendis pendant plus d'une heure des bruits de coups de marteau : il semblait que des ouvriers étaient au travail ; et quand enfin je pus tourner la tête de ce côté, autant que fils et chevilles me le permettaient, je vis, à quatre pieds et demi au-dessus du sol, un échafaudage sur lequel quatre de ces indigènes pouvaient tenir, avec deux ou trois échelles pour y monter. De cette plate-forme, un d'entre eux, qui me semblait être une personne de qualité, m'adressa une longue harangue dont je ne compris pas le moindre mot. Mais je devrais dire d'abord qu'avant de commencer son discours cet important personnage s'était écrié par trois fois : *Langro dehul san*[1] (ces mots ainsi que les précédents me furent par la suite répétés et expliqués). Sur quoi cinquante hommes s'avancèrent et coupèrent les liens qui retenaient encore le côté gauche de ma tête, ce qui me permit de la tourner à droite et d'observer la physionomie et les attitudes de celui qui devait parler. C'était un homme entre deux âges, et plus grand que tous ceux qui l'entouraient : l'un était son page, et portait la queue de sa robe,

---

1. *Langro dehul san :* Le premier mot rappelle le grec λαγκάζω, « détacher » ; le deuxième est une reprise, à peine modifiée, du *degul* lilliputien signifiant « la gueule », et le troisième ressemble à un subjonctif barbare du verbe être. Le tout peut donc se traduire par : « Qu'on lui détache la tête. »

and seemed to be somewhat longer than my middle finger; the other two stood one on each side to support him. He acted every part of an orator, and I could observe many periods of threatenings, and others of promises, pity and kindness. I answered in a few words, but in the most submissive manner, lifting up my left hand and both mine eyes to the sun, as calling him for a witness; and being almost famished with hunger, having not eaten a morsel for some hours before I left the ship, I found the demands of nature so strong upon me, that I could not forbear showing my impatience (perhaps against the strict rules of decency) by putting my finger frequently on my mouth, to signify that I wanted food. The *Hurgo* (for so they call a great lord, as I afterwards learnt) understood me very well. He descended from the stage, and commanded that several ladders should be applied to my sides, on which above an hundred of the inhabitants mounted, and walked towards my mouth, laden with baskets full of meat, which had been provided and sent thither by the King's orders upon the first intelligence he received of me. I observed there was the flesh of several animals, but could not distinguish them by the taste. There were shoulders, legs and loins, shaped like those of mutton, and very well dressed, but smaller than the wings of a lark.

1. *Hurgo :* Grand Seigneur (traduction de Swift). Le mot admet de très nombreuses interprétations, le radical *hur-* existant en plusieurs langues, y compris le lanternois. La plus satisfaisante, au

il semblait un peu plus grand que mon majeur, tandis que les deux autres le soutenaient de chaque côté. Il se montra orateur accompli et je pus discerner dans son discours des mouvements successifs et divers de menace, de promesse, de pitié et de bonté. Je répondis brièvement, mais sur le ton le plus humble, levant ma main gauche et mes yeux vers le soleil, comme pour le prendre à témoin. Je commençais à sentir les tortures de la faim, car j'avais mangé pour la dernière fois plusieurs heures avant de quitter le navire, et j'étais tellement harcelé par cette exigence de la nature, que je ne pus m'abstenir de traduire mon impatience (enfreignant peut-être ainsi les règles de la stricte civilité) en portant plusieurs fois le doigt à la bouche pour montrer le besoin que j'avais de nourriture. Le *Hurgo* [1] (c'est ainsi que parmi eux on appelle un grand seigneur, comme je l'ai su depuis) me comprit fort bien. Il descendit de la tribune et donna l'ordre d'appliquer contre mon côté plusieurs échelles sur lesquelles montèrent bientôt une centaine d'hommes ; ils se mirent en marche vers ma bouche, chargés de paniers pleins de victuailles, préparés et envoyés par les ordres du Roi, dès que Sa Majesté avait eu connaissance de mon arrivée. Je remarquai qu'on me servait des morceaux de divers animaux, mais sans pouvoir les distinguer par leur goût. Il y avait des gigots, des épaules, des longes ayant la forme de ceux du mouton et fort bien accommodés, mais plus petits que les ailes d'une alouette.

point de vue du sens, est cependant d'admettre l'équivalence phonétique *ur/er* (cf. *Balmuff*), et de voir dans le mot l'anagramme du français *(h)ogre*, « celui qui dévore les petits enfants ».

I ate them by two or three at a mouthful, and took three loaves at a time, about the bigness of musket bullets. They supplied me as fast as they could, showing a thousand marks of wonder and astonishment at my bulk and appetite. I then made another sign that I wanted drink. They found by my eating that a small quantity would not suffice me; and being a most ingenious people, they slung up with great dexterity one of their largest hogsheads, then rolled it towards my hand, and beat out the top; I drank it off at a draught, which I might well do, for it hardly held half a pint, and tasted like a small wine of Burgundy, but much more delicious. They brought me a second hogshead, which I drank in the same manner, and made signs for more, but they had none to give me. When I had performed these wonders, they shouted for joy, and danced upon my breast, repeating several times as they did as first, *Hekinah degul*. They made me a sign that I should throw down the two hogsheads, but first warned the people below to stand out of the way, crying aloud, *Borach mivola*, and when they saw the vessels in the air, there was an universal shout of *Hekinah degul*. I confess I was often tempted, while they were passing backwards and forwards on my body,

1. *Borach Mivola* : Le premier mot rappelle l'espagnol *borracho*, « ivrogne », qui a les mêmes consonnes que le français *barrique*. Le deuxième mot est l'auxiliaire anglais *may*. Le troisième

J'en avalai deux ou trois d'une bouchée et engloutis trois pains à la fois, qui étaient de la grosseur d'une balle de fusil. Ces gens m'approvisionnaient aussi rapidement qu'ils le pouvaient, témoignant par mille signes de leur émerveillement et de leur stupéfaction devant ma corpulence et mon appétit. Puis je fis un autre geste pour montrer que je voulais boire. Ils devinèrent, à me voir manger, qu'une petite quantité de boisson ne pourrait me suffire et, comme ils étaient d'une grande ingéniosité, ils soulevèrent très habilement au moyen de cordes une de leurs plus grosses futailles, qu'ils firent rouler jusqu'à ma main, et défoncèrent par le haut. Je la vidai, d'un seul coup, et sans peine, car elle contenait tout juste une demi-pinte. Ce vin ressemblait à un bourgogne léger mais il était d'un goût bien plus exquis. On m'en apporta une autre barrique, que je vidai de la même façon ; j'en réclamai d'autres encore par signes, mais leur provision était épuisée. Quand j'eus accompli ces prodiges, ils poussèrent des cris de joie et dansèrent sur ma poitrine en répétant plusieurs fois leur premier cri : *Hekinah Degul*. Ils me firent signe de jeter à terre les deux tonneaux, mais non sans avoir averti d'abord les assistants de s'éloigner en criant très haut *Borach Mivola* [1]. Quand ils virent les deux barriques en l'air, ce ne fut partout qu'une même clameur : *Hekinah Degul*. J'avoue que je fus maintes fois tenté, pendant qu'ils allaient et venaient sur mon corps,

___

est l'espagnol *volar,* qui a le double sens de « éclater » et de « voler ». L'ensemble signifie donc soit « l'ivrogne peut éclater », soit « les tonneaux vont voltiger ».

to seize forty or fifty of the first that came in my reach, and dash them against the ground. But the remembrance of what I had felt, which probably might not be the worst they could do, and the promise of honour I made them, for so I interpreted my submissive behaviour, soon drove out those imaginations. Besides, I now considered myself as bound by the laws of hospitality to a people who had treated me with so much expense and magnificence. However, in my thoughts I could not sufficiently wonder at the intrepidity of these diminutive mortals, who durst venture to mount and walk on my body, while one of my hands was at liberty, without trembling at the very sight of so prodigious a creature as I must appear to them. After some time, when they observed that I made no more demands for meat, there appeared before me a person of high rank from his Imperial Majesty. His Excellency having mounted on the small of my right leg, advanced forwards up to my face, with about a dozen of his retinue. And producing his credentials under the Signet Royal, which he applied close to mine eyes, spoke about ten minutes, without any signs of anger, but with a kind of determinate resolution; often pointing forwards, which, as I afterwards found, was towards the capital city, about half a mile distant, whither it was agreed by his Majesty in council that I must be conveyed. I answered in few words, but to no purpose,

de saisir les quarante ou cinquante premiers qui me tomberaient sous la main et de les écraser contre le sol. Mais le souvenir de mes épreuves passées, qui pouvaient fort bien n'être pas les pires, ainsi que la promesse formelle que je leur avais faite tacitement, car j'interprétai ainsi ma docilité, eurent tôt fait de bannir ces pensées. D'ailleurs, je me regardai désormais comme lié par les lois de l'hospitalité envers un peuple qui venait de me traiter avec tant de faste et de magnificence. Cependant, au fond de moi-même je ne pouvais m'empêcher d'admirer la hardiesse de ces êtres minuscules, qui se risquaient à monter et à courir sur mon corps, tandis qu'une de mes mains était libre, sans trembler le moins du monde à la vue de l'être gigantesque que je devais apparaître à leurs yeux. Quand, au bout de quelques instants, ils remarquèrent que je ne demandais plus à manger, on fit avancer vers moi un personnage d'un rang supérieur, envoyé par Sa Majesté Impériale. Son Excellence, montant par le bas de ma jambe, s'avança jusqu'à mon visage, avec une douzaine de gens de sa suite, et là, produisant ses lettres de créance, revêtues du sceau royal, qu'il plaça tout près de mes yeux, parla durant environ dix minutes sans la moindre véhémence, mais sur un ton de fermeté résolue, tendant le bras, à plusieurs reprises, dans une direction que je reconnus être plus tard celle de la capitale, distante d'un demi-mille, où il avait été décidé par Sa Majesté, en séance du Conseil, que je devais être transporté. Je répondis quelques mots, mais ce fut en pure perte ;

and made a sign with my hand that was loose, putting it to the other (but over his Excellency's head, for fear of hurting him or his train) and then to my own head and body, to signify that I desired my liberty. It appeared that he understood me well enough, for he shook his head by way of disapprobation, and held his hand in a posture to show that I must be carried as a prisoner. However, he made other signs to let me understand that I should have meat and drink enough, and very good treatment. Whereupon I once more thought of attempting to break my bonds, but again, when I felt the smart of their arrows upon my face and hands, which were all in blisters, and many of the darts still sticking in them, and observing likewise that the number of my enemies increased, I gave tokens to let them know that they might do with me what they pleased. Upon this, the *Hurgo* and his train withdrew with much civility and cheerful countenances. Soon after I heard a general shout, with frequent repetitions of the words, *Peplom selan*, and I felt great numbers of the people on my left side relaxing the cords to such a degree, that I was able to turn upon my right, and to ease myself with making water; which I very plentifully did, to the great astonishment of the people,

1. *Peplom selan* : Prononcé à l'anglaise (pi-plom), le premier mot semble une synthèse, que le contexte autorise à faire, entre les deux mots français *pipi* et *pluie*. A rapprocher du nom du roi de Lilliput (cf. *Calin*). Le *m* final serait un accusatif burlesque, donnant à penser

je fis alors un signe de ma main libre, la posant d'abord sur l'autre, après l'avoir fait passer très au-dessus de la tête de Son Excellence, de peur de le blesser lui ou quelqu'un de sa suite, puis la portant à ma tête et en plusieurs points de mon corps pour donner à entendre que je désirais être mis en liberté. Il semble qu'il me comprit fort bien, car il secoua la tête en signe de refus, et tint un instant sa main dans une position qui indiquait que je devais être transporté enchaîné. Toutefois, il fit d'autres signes tendant à m'assurer que j'aurais à boire et à manger à discrétion et que je serais à tous égards bien traité. Sur quoi, je fus repris du désir de briser mes liens. Mais lorsque je sentis à nouveau la piqûre de leurs flèches sur mon visage et sur mes mains qui étaient encore pleines d'ampoules et toutes couvertes de leurs petits dards, lorsque je vis grossir le nombre de mes ennemis, je leur adressai des signaux montrant qu'ils pouvaient faire de moi ce qu'il leur plaisait. Là-dessus le Hurgo et sa suite se retirèrent en me prodiguant les marques de leur civilité et les témoignages de leur satisfaction. Bientôt, j'entendis des clameurs unanimes, parmi lesquelles je distinguai à maintes reprises les mots *Peplom Selan*[1] : je sentis sur mon côté gauche un grand nombre de gens qui s'employaient à détendre les cordes, de sorte que je pus enfin me mettre sur le flanc droit et soulager ma vessie. Je le fis avec une abondance qui émerveilla la foule.

que le mot suivant est un verbe. Il doit s'agir d'un subjonctif, à rapprocher de *san* (cf. *langro*). Les trois lettres *sel* peuvent être un anagramme phonétique du français *laisser*. D'où l'ensemble : « laissez-le pisser. »

who conjecturing by my motions what I was going to do, immediately opened to the right and left on that side, to avoid the torrent which fell with such noise and violence from me. But before this, they had daubed my face and both my hands with a sort of ointment very pleasant to the smell, which in a few minutes removed all the smart of their arrows. These circumstances, added to the refreshment I had received by their victuals and drink, which were very nourishing, disposed me to sleep. I slept about eight hours, as I was afterwards assured; and it was no wonder, for the physicians, by the Emperor's order, had mingled a sleepy potion in the hogsheads of wine.

It seems that upon the first moment I was discovered sleeping on the ground after my landing, the Emperor had early notice of it by an express, and determined in council that I should be tied in the manner I have related (which was done in the night while I slept), that plenty of meat and drink should be sent me, and a machine prepared to carry me to the capital city.

This resolution perhaps may appear very bold and dangerous, and I am confident would not be imitated by any prince in Europe on the like occasion; however, in my opinion it was extremely prudent as well as generous. For supposing these people had endeavoured to kill me with their spears and arrows while I was asleep, I should certainly have awaked with the first sense of smart,

Celle-ci, d'ailleurs, devinant à mes gestes ce que j'allais faire, s'était rapidement écartée sur la droite et sur la gauche, afin d'éviter le torrent qui jaillissait de moi avec tant de fracas et de violence. Auparavant on m'avait enduit le visage et les mains d'une sorte d'onguent, d'une odeur très agréable, qui, en quelques minutes, fit disparaître le mal cuisant causé par les flèches. Tout cela, ajouté à l'effet réconfortant de ce qu'on m'avait fait manger et boire, me disposa au sommeil. Je dormis environ huit heures, comme je m'en assurai plus tard; il n'y avait là rien d'un prodige, car les médecins, sur l'ordre du Roi, avaient mélangé aux barriques de vin une potion soporifique.

Il semble en effet que, dès l'instant même où l'on m'avait découvert dormant sur le rivage, l'Empereur en avait été informé par un exprès et qu'il avait décidé en son Conseil que je serais enchaîné de la manière que je viens de rapporter (ce qui fut exécuté dans la nuit et durant mon sommeil); que de copieuses provisions de vivres et de boissons me seraient envoyées, et qu'une machine serait construite pour me transporter dans la capitale.

Une telle décision pourra paraître téméraire et dangereuse, et je gagerais qu'aucun prince d'Europe en pareil cas n'agirait de cette façon; cependant, à mon sens, la mesure était d'une extrême prudence autant qu'elle était généreuse. Car, supposez que ces gens eussent essayé de me tuer à coups de lances ou de javelots durant mon sommeil, je me serais certainement éveillé à la première sensation de douleur;

which might so far have roused my rage and strength, as to enable me to break the strings wherewith I was tied; after which, as they were not able to make resistance, so they could expect no mercy.

These people are most excellent mathematicians, and arrived to a great perfection in mechanics by the countenance and encouragement of the Emperor, who is a renowned patron of learning. This prince hath several machines fixed on wheels for the carriage of trees and other great weights. He often buildeth his largest men-of-war, whereof some are nine foot long, in the woods where the timber grows, and has them carried on these engines three or four hundred yards to the sea. Five hundred carpenters and engineers were immediately set at work to prepare the greatest engine they had. It was a frame of wood raised three inches from the ground, about seven foot long and four wide, moving upon twenty-two wheels. The shout I heard was upon the arrival of this engine, which it seems set out in four hours after my landing. It was brought parallel to me as I lay. But the principal difficulty was to raise and place me in this vehicle. Eighty poles, each of one foot high, were erected for this purpose, and very strong cords of the bigness of pack-thread were fastened by hooks to many bandages, which the workmen had girt round my neck, my hands, my body, and my legs.

et ma fureur eût à ce point décuplé mes forces que j'en aurais brisé mes liens, ce qui les eût mis, dans leur impuissance, inexorablement à ma merci.

Ces gens, qui sont d'excellents mathématiciens, sont parvenus à une parfaite maîtrise des arts mécaniques, grâce à l'appui et aux encouragements de leur Empereur, grand protecteur de la science. Ce prince possède une quantité de machines montées sur roues pour le transport des arbres et des poids lourds. Ses plus grands vaisseaux de guerre, dont quelques-uns atteignent neuf pieds de long, sont le plus souvent construits dans la forêt qui fournit le bois de charpente ; on les transporte de là jusqu'à la mer à l'aide d'un de ces appareils, à mille ou douze cents pieds de distance. Cinq cents charpentiers et mécaniciens reçurent l'ordre de se mettre immédiatement à l'œuvre pour construire le plus formidable engin qu'ils eussent encore vu. C'était une plate-forme en bois s'élevant à trois pouces au-dessus du sol, de sept pieds de long sur quatre de large, et posée sur vingt-deux roues. Les cris que j'avais entendus saluaient l'arrivée de cette machine, qui, semblait-il, avait été mise en route moins de quatre heures après mon arrivée dans l'île. Elle fut placée parallèlement à mon corps. Mais la principale difficulté était de me hisser jusqu'à ce véhicule et de m'y installer. Pour cela, on dressa d'abord quatre-vingts poteaux, d'une hauteur d'un pied, et de fortes cordes de la grosseur d'un fil d'emballage furent reliées par des crochets à des bandes que l'on avait passées autour de mon cou, de mes mains, de mon corps et de mes jambes.

Nine hundred of the strongest men were employed to draw up these cords by many pulleys fastened on the poles, and thus in less than three hours, I was raised and slung into the engine, and there tied fast. All this I was told, for while the whole operation was performing, I lay in a profound sleep, by the force of that soporiferous medicine infused into my liquor. Fifteen hundred of the Emperor's largest horses, each about four inches and a half high, were employed to draw me towards the metropolis, which, as I said, was half a mile distant.

About four hours after we began our journey, I awaked by a very ridiculous accident; for the carriage being stopped a while to adjust something that was out of order, two or three of the young natives had the curiosity to see how I looked when I was asleep; they climbed up into the engine, and advancing very softly to my face, one of them, an officer in the Guards, put the sharp end of his half-pike a good way up into my left nostril, which tickled my nose like a straw, and made me sneeze violently : whereupon they stole off unperceived, and it was three weeks before I knew the cause of my awaking so suddenly. We made a long march the remaining part of that day, and rested at night with five hundred guards on each side of me, half with torches, and half with bows and arrows, ready to shoot me if I should offer to stir.

Neuf cents hommes, choisis parmi les plus vigoureux, reçurent alors l'ordre de tirer sur ces cordes par des poulies fixées aux poteaux et en moins de trois heures je fus ainsi hissé et installé sur la machine, où l'on m'attacha solidement. Tout cela me fut conté par la suite, car pendant la durée de l'opération je dormais encore d'un profond sommeil, sous l'effet du narcotique que l'on avait mis dans ma boisson. Quinze cents chevaux, choisis parmi les plus grands des écuries impériales, et dont la taille atteignait jusqu'à quatre pouces et demi, m'amenèrent jusqu'à la capitale qui était, ai-je dit, à une distance d'un demi-mille.

Il y avait environ quatre heures que nous étions en route quand je fus éveillé par un incident fort ridicule. Le chariot s'étant arrêté un instant pour que l'on y remît quelque chose en ordre, deux ou trois de ces jeunes insulaires eurent la curiosité de voir quelle pouvait être mon apparence dans mon sommeil. Ils grimpèrent sur le véhicule et s'avancèrent très doucement jusqu'à mon visage ; l'un d'entre eux, officier des gardes, enfonça la pointe aiguë de son épée fort avant dans ma narine gauche, ce qui me chatouilla le nez, comme une paille, et me fit éternuer avec violence. Sur quoi ils détalèrent sans demander leur reste et ce ne fut qu'au bout de trois semaines que je connus la cause de ce réveil soudain. Le reste de la journée, nous marchâmes sans arrêt. La nuit venue, durant la halte, cinq cents gardes furent postés à chacun de mes côtés ; la moitié portait des torches, et les autres, arcs et flèches en main, étaient prêts à tirer sur moi si je bougeais.

The next morning at sunrise we continued our march, and arrived within two hundred yards of the city gates about noon. The Emperor and all his Court came out to meet us, but his great officers would by no means suffer his Majesty to endanger his person by mounting on my body.

At the place where the carriage stopped, there stood an ancient temple, esteemed to be the largest in the whole kingdom, which having been polluted some years before by an unnatural murder, was, according to the zeal of those people, looked upon as profane, and therefore had been applied to common uses, and all the ornaments and furniture carried away. In this edifice it was determined I should lodge. The great gate fronting to the north was about four foot high, and almost two foot wide, through which I could easily creep. On each side of the gate was a small window not above six inches from the ground : into that on the left side, the King's smiths conveyed fourscore and eleven chains, like those that hang to a lady's watch in Europe, and almost as large, which were locked to my left leg with six and thirty padlocks. Over against this temple, on t'other side of the great highway, at twenty foot distance, there was a turret at least five foot high. Here the Emperor ascended with many principal lords of his Court, to have an opportunity of viewing me, as I was told, for I could not see them. It was reckoned that above an hundred thousand inhabitants came out of the town upon the same errand ;

Le lendemain, nous reprîmes notre marche au lever du soleil, et arrivâmes vers midi à moins de deux cents pas des portes de la ville. L'Empereur, avec toute sa Cour, s'avança au-devant de nous, mais les grands dignitaires ne permirent pas que Sa Majesté mît sa personne en danger en faisant l'escalade de mon corps.

A l'endroit même où s'était arrêté le chariot, se dressait un antique temple, estimé le plus vaste du Royaume ; ce lieu ayant été, quelques années auparavant, souillé par un meurtre horrible, on le considérait comme profané et on l'employait en conséquence à des usages profanes, après l'avoir dépouillé de tous les ornements et objets sacrés. C'est dans cet édifice que l'on décida de me loger. La grande porte, face au nord, avait environ quatre pieds de haut et deux de large, ce qui me permettait aisément de passer, en rampant. De chaque côté de la porte il y avait une petite fenêtre à moins de six pouces du sol ; à travers celle de gauche, les forgerons du Roi firent passer quatre-vingt-onze chaînes, semblables à celles qui en Europe pendent aux montres de dame — et presque aussi grosses — que l'on fixa à ma jambe gauche par trente-six cadenas. En face du Temple, à environ vingt pieds de distance de l'autre côté de la route, s'élevait une petite tour d'au moins cinq pieds de haut. C'est là que monta, me dit-on, l'Empereur, avec les plus hauts personnages de sa Cour, pour me regarder à loisir, d'après ce qu'on m'a dit, car je ne pouvais les voir. On évalua à plus de cent mille le nombre de curieux venus de la ville dans la même intention,

and in spite of my guards, I believe there could not be fewer than ten thousand, at several times, who mounted upon my body by the help of ladders. But a proclamation was soon issued to forbid it upon pain of death. When the workmen found it was impossible for me to break loose, they cut all the strings that bound me; whereupon I rose up with as melancholy a disposition as ever I had in my life. But the noise and astonishment of the people at seeing me rise and walk are not to be expressed. The chains that held my left leg were about two yards long, and gave me not only the liberty of walking backwards and forwards in a semicircle; but being fixed within four inches of the gate, allowed me to creep in, and lie at my full length in the temple.

CHAPTER II

The Emperor of Lilliput, attended by several of the nobility, comes to see the author in his confinement. The Emperor's person and habit described. Learned men appointed to teach the author their language. He gains favour by his mild disposition. His pockets are searched, and his sword and pistols taken from him.

When I found myself on my feet, I looked about me, and must confess I never beheld a more entertaining prospect.

et en dépit de la surveillance de mes gardes, je suis convaincu qu'il n'y eut pas moins de dix mille personnes, qui, une fois ou l'autre, me grimpèrent sur le corps à l'aide d'échelles. Mais une proclamation fut faite, interdisant cet acte sous peine de mort. Quand les équipes à l'œuvre constatèrent qu'il m'était impossible de m'échapper, on coupa les cordes qui me liaient ; je me dressai aussitôt avec un sentiment de tristesse que je n'ai que bien rarement éprouvé. La rumeur de la foule, l'étonnement des gens quand ils me virent me lever et marcher sont impossibles à décrire. Les chaînes qui m'entravaient avaient environ six pieds de long et me permettaient d'aller et venir en décrivant un demi-cercle. Comme elles n'étaient fixées qu'à quatre pouces de la porte, je pouvais, en outre, la franchir en rampant et m'étendre de tout mon long dans le Temple.

CHAPITRE II

L'Empereur de Lilliput, accompagné de plusieurs de ses gentils-hommes, vient voir l'auteur dans sa prison. — Description de la personne et du costume de Sa Majesté. — Des savants sont désignés pour enseigner à l'auteur la langue du pays. — Il se concilie la faveur générale par la douceur de son caractère. — Ses poches sont visitées ; on lui retire son épée et ses pistolets.

Quand je me retrouvai sur mes pieds, je regardai autour de moi et je dois avouer que jamais mes yeux n'avaient embrassé de vue plus agréable :

The country round appeared like a continued garden, and the inclosed fields, which were generally forty foot square, resembled so many beds of flowers. These fields were intermingled with woods of half a stang, and the tallest trees, as I could judge, appeared to be seven foot high. I viewed the town on my left hand, which looked like the painted scene of a city in a theatre.

I had been for some hours extremely pressed by the necessities of nature; which was no wonder, it being almost two days since I had last disburthened myself. I was under great difficulties between urgency and shame. The best expedient I could think on, was to creep into my house, which I accordingly did; and shutting the gate after me, I went as far as the length of my chain would suffer, and discharged my body of that uneasy load. But this was the only time I was ever guilty of so uncleanly an action; for which I cannot but hope the candid reader will give some allowance, after he hath maturely and impartially considered my case, and the distress I was in. From this time my constant practice was, as soon as I rose, to perform that business in open air, at the full extent of my chain, and due care was taken every morning before company came, that the offensive matter should be carried off in wheel-barrows by two servants appointed for that purpose.

1. Nous avons ici le premier exemple frappant de l'importance que les fonctions digestives prennent dans l'œuvre de Swift, qui approche de la soixantaine. Il faut rapprocher ce passage, dont le ton est encore assez discret, de certains paragraphes des *Scandales de*

le parc environnant semblait n'être qu'un jardin ininterrompu et les champs clos de murs, qui mesuraient pour la plupart quarante pieds carrés, avaient l'aspect de plates-bandes fleuries. Ces champs étaient entremêlés de bois d'un demi-arpent, et les plus grands arbres me parurent avoir sept pieds de haut. Je parcourus du regard la ville qui se trouvait à ma gauche, et qui ressemblait aux villes peintes dans les décors de théâtre.

Depuis quelques heures, j'étais extrêmement pressé par certaine nécessité de la nature [1], ce qui n'avait rien d'étonnant, si l'on songe qu'il y avait près de deux jours que je ne m'étais soulagé. Entre l'urgence et la honte, je me trouvai dans le plus cruel embarras. Le meilleur expédient dont je m'avisai fut de me glisser dans ma maison, de fermer la porte derrière moi, et reculant de toute la longueur de ma chaîne, d'alléger mon corps de ce gênant fardeau. Mais ce fut la seule fois que je me rendis coupable d'un acte aussi malpropre, auquel le lecteur sincère voudra bien, je l'espère, accorder quelque indulgence, après mûr et impartial examen de mon cas et de ma détresse. A partir de ce moment j'adoptai l'habitude dès mon lever d'accomplir cette fonction en plein air, aussi loin que le permettait ma chaîne, et l'on prit grand soin chaque matin, avant que personne ne fût sorti, de faire enlever dans des brouettes la matière offensante : deux domestiques étaient chargés de cet office.

Dublin ou de l'*Apologie du Doyen*, qui est un véritable hymne à la matière fécale, pour comprendre comment l'obsession se fera de plus en plus maladive et finira par être un signe évident de la folie où a sombré le Doyen.

I would not have dwelt so long upon a circumstance, that perhaps at first sight may appear not very momentous, if I had not thought it necessary to justify my character in point of cleanliness to the world; which I am told some of my maligners have been pleased, upon this and other occasions, to call in question.

When this adventure was at an end, I came back out of my house, having occasion for fresh air. The Emperor was already descended from the tower, and advancing on horseback towards me, which had like to have cost him dear; for the beast, although very well trained, yet wholly unused to such a sight, which appeared as if a mountain moved before him, reared up on his hinder feet: but that prince, who is an excellent horseman, kept his seat, till his attendants ran in, and held the bridle, while his Majesty had time to dismount. When he alighted, he surveyed me round with great admiration, but kept beyond the length of my chain. He ordered his cooks and butlers, who were already prepared, to give me victuals and drink, which they pushed forward in a sort of vehicles upon wheels till I could reach them. I took these vehicles, and soon emptied them all; twenty of them were filled with meat, and ten with liquor; each of the former afforded me two or three good mouthfuls, and I emptied the liquor of ten vessels, which was contained in earthen vials, into one vehicle, drinking it off at a draught, and so I did with the rest. The Empress, and young Princes of the Blood, of both sexes, attended by many ladies, sat at some distance in their chairs;

Je n'aurais pas si longuement insisté sur un fait qui, à première vue, peut apparaître dépourvu d'importance, si je n'avais estimé nécessaire de me justifier et de défendre devant tous ma réputation sur le sujet de ma délicatesse, — que, m'assure-t-on, mes détracteurs ont cru bon, en cette occasion comme en d'autres, de révoquer en doute.

L'opération terminée, je revins dans la rue. J'avais vraiment besoin de grand air. L'Empereur cependant était déjà descendu de la tour et s'avançait vers moi à cheval, ce qui faillit lui coûter cher, car la bête, fort bien dressée cependant, se cabra de toute sa hauteur à la vue de cette montagne en marche, mais le prince était excellent cavalier, et se tint ferme en selle, donnant à sa suite le temps d'accourir et de saisir la bride. Sa Majesté mit donc pied à terre, et m'examina sous tous les angles, éprouvant une grande admiration, mais restant toujours hors de ma portée... Cuisiniers et sommeliers étaient prêts. Sur son ordre, ils poussèrent jusqu'à moi des sortes de chariots pleins de victuailles et de vin. Je les saisis et les vidai, ce ne fut pas long : il y en avait vingt chargés de viandes et dix de vin. Chacun des premiers me fournissait deux ou trois bonnes bouchées. Quant au vin, il était contenu dans de petites fioles de faïence ; je les vidais dix par dix dans une voiture que je lampais d'un trait, le reste à l'avenant... L'Impératrice, les jeunes Princes ou Princesses du sang, entourés de nombreuses dames d'honneur, étaient restés à quelque distance dans leurs chaises.

but upon the accident that happened to the Emperor's horse, they alighted, and came near his person, which I am now going to describe. He is taller by almost the breadth of my nail, than any of his Court, which alone is enough to strike an awe into the beholders. His features are strong and masculine, with an Austrian lip and arched nose, his complexion olive, his countenance erect, his body and limbs well proportioned, all his motions graceful, and his deportment majestic. He was then past his prime, being twenty-eight years and three quarters old, of which he had reigned about seven, in great felicity, and generally victorious. For the better convenience of beholding him, I lay on my side, so that my face was parallel to his, and he stood but three yards off : however, I have had him since many times in my hand, and therefore cannot be deceived in the description. His dress was very plain and simple, the fashion of it between the Asiatic and the European ; but he had on his head a light helmet of gold, adorned with jewels, and a plume on the crest. He held his sword drawn in his hand, to defend himself, if I should happen to break loose ; it was almost three inches long, the hilt and scabbard were gold enriched with diamonds. His voice was shrill, but very clear and articulate, and I could distinctly hear it when I stood up.

1. Ce trait, qui est purement conventionnel, prouve que Swift, quand il écrivait le début de l'histoire de Lilliput (les deux premiers chapitres datent probablement de 1714), n'avait pas d'intentions satiriques contre les hommes politiques de son pays. C'est seulement à partir des chapitres suivants qu'il multiplie les fausses clefs,

Mais les difficultés équestres de l'Empereur firent qu'ils en sortirent et se rapprochèrent de lui. Passons maintenant au portrait de ce Prince : il dominait d'au moins la largeur de mon ongle tous les Seigneurs de sa Cour, et cela suffisait à en imposer à tous ceux qui l'approchaient. Ses traits étaient mâles et fermes, la lèvre autrichienne [1] et le nez aquilin ; son teint était mat et son port majestueux, le corps et les membres fort bien proportionnés. Ses gestes étaient toujours empreints de grâce, et ses attitudes pleines de majesté. Ce n'était plus un jouvenceau, mais un homme de vingt-huit ans et trois quarts d'année ; il avait régné sept ans avec beaucoup de bonheur, presque toujours victorieux. Afin de le voir plus commodément, je m'étendis sur le côté, mon visage au niveau du sien, et il se rapprocha à moins de trois yards : je l'ai du reste bien souvent tenu dans mes mains par la suite et ne puis donc me tromper dans ma description. Son habit était fort simple, et, par la coupe, évoquait à la fois l'Europe et l'Orient ; il portait sur la tête un léger casque d'or orné d'un plumet. Il tenait à la main son épée nue pour se défendre au cas où je briserais mes chaînes : elle avait près de trois pouces de long et la hampe et le fourreau étaient d'or rehaussé de diamants. Sa voix était aiguë, mais si nette et distincte que je l'entendais fort bien, même debout.

permettant d'identifier ses personnages imaginaires avec les personnalités marquantes de la vie politique contemporaine. C'est ainsi que l'empereur de Lilliput peut être assimilé au roi George Ier, dont la lèvre en réalité n'avait rien d'autrichien, et dont le nez long et droit ne pouvait être appelé aquilin.

The ladies and courtiers were all most magnificently clad, so that the spot they stood upon seemed to resemble a petticoat spread on the ground, embroidered with figures of gold and silver. His Imperial Majesty spoke often to me, and I returned answers, but neither of us could understand a syllable. There were several of his priests and lawyers present (as I conjectured by their habits) who were commanded to address themselves to me, and I spoke to them in as many languages as I had the least smattering of, which were High and Low Dutch, Latin, French, Spanish, Italian, and Lingua Franca; but all to no purpose. After about two hours the Court retired, and I was left with a strong guard, to prevent the impertinence, and probably the malice of the rabble, who were very impatient to crowd about me as near as they durst, and some of them had the impudence to shoot their arrows at me as I sat on the ground by the door of my house, whereof one very narrowly missed my left eye. But the colonel ordered six of the ringleaders to be seized, and thought no punishment so proper as to deliver them bound into my hands, which some of his soldiers accordingly did, pushing them forwards with the buttends of their pikes into my reach; I took them all in my right hand, put five of them into my coat-pocket, and as to the sixth, I made a countenance as if I would eat him alive. The poor man squalled terribly, and the colonel and his officers were in much pain, especially when they saw me take out my penknife :

Les dames et les courtisans étaient tous magnifique-
ment vêtus, si bien que la tache que le groupe faisait
sur le sol rappelait une jupe étendue à terre et couverte
de broderies d'or et d'argent. Sa Majesté Impériale
voulut plusieurs fois me dire quelque chose et je lui
répondis, mais sans qu'aucun de nous comprît une
syllabe aux discours de l'autre. Il y avait là des prêtres
et des hommes de loi, à en juger par leur costume, qui
reçurent l'ordre de m'adresser la parole. Je leur parlai
dans toutes les langues dont j'avais quelques notions :
allemand, hollandais, latin, français, espagnol, italien,
et *lingua franca* [1] — mais sans aucun résultat. Au bout
de deux heures environ la Cour se retira, et on me
laissa une forte garde pour me protéger contre les
impertinences et peut-être les cruautés de la populace,
laquelle attendait impatiemment de pouvoir s'attrou-
per autour de moi, du plus près qu'elle l'oserait.
Certains eurent l'impudence, en me voyant tranquille-
ment assis par terre près de ma porte, de me lancer des
flèches, dont l'une manqua de me crever l'œil gauche.
Mais le colonel fit arrêter six des plus excités, et pensa
que le meilleur châtiment serait de me les remettre
garrottés. Des soldats les poussèrent donc avec la
hampe de leurs piques jusqu'à portée de mes mains. Je
les saisis tous de ma main droite, et en mis cinq dans la
poche de mon pourpoint. Quant au sixième, je fis mine
de le manger tout vif. Le malheureux poussait des cris
affreux ; le colonel et ses officiers parurent eux-mêmes
très affectés, surtout lorsqu'ils me virent tirer mon
canif.

1. Sorte de sabir à base de français utilisé aux Échelles du
Levant.

but I soon put them out of fear; for, looking mildly, and immediately cutting the strings he was bound with, I set him gently on the ground, and away he ran; I treated the rest in the same manner, taking them one by one out of my pocket, and I observed both the soldiers and people were highly obliged at this mark of my clemency, which was represented very much to my advantage at Court.

Towards night I got with some difficulty into my house, where I lay on the ground, and continued to do so about a fortnight; during which time the Emperor gave orders to have a bed prepared for me. Six hundred beds of the common measure were brought in carriages, and worked up in my house; an hundred and fifty of their beds sewn together made up the breadth and length, and these were four double, which however kept me but very indifferently from the hardness of the floor, that was of smooth stone. By the same computation they provided me with sheets, blankets, and coverlets, tolerable enough for one who had been so long inured to hardships as I.

As the news of my arrival spread through the kingdom, it brought prodigious numbers of rich, idle, and curious people to see me; so that the villages were almost emptied, and great neglect of tillage and household affairs must have ensued, if his Imperial Majesty had not provided by several proclamations and orders of state against this inconveniency. He directed that those, who had already beheld me, should return home,

Mais je les rassurai bientôt : je pris un visage moins sévère et, coupant les liens de mon prisonnier, je le déposai doucement sur le sol, où il s'enfuit à toutes jambes. Je traitai les autres de même façon, les tirant un à un de ma poche, et je remarquai que les soldats et le peuple étaient profondément touchés de ce geste de clémence, qui fut rapporté à la Cour en termes très élogieux.

Le soir, je me glissai, non sans peine, dans ma demeure et je m'y couchai à même le sol. Je n'eus pas d'autre couche pendant les quinze jours que dura la confection de mon lit. Par ordre de l'Empereur on apporta en charrettes six cents matelas de taille normale et on les assembla chez moi en quatre couches de cent cinquante matelas chacune, cousus ensemble pour être à mes dimensions, mais ne rendant guère moelleux un sol fait de pierres polies. On me confectionna de même les draps, les couvertures et les couvre-pieds ; le tout me satisfit, car je sais dormir sur la dure.

Cependant, la nouvelle de mon arrivée se répandait dans le Royaume. Riches, oisifs, curieux, en nombre incroyable, venaient me contempler. Les villages se vidaient. Sa Majesté Impériale dut lutter par édits et décrets royaux contre l'abandon qui menaçait les terres et les fermes. On obligea les gens à rentrer chez eux après m'avoir vu

and not presume to come within fifty yards of my house without licence from Court; whereby the Secretaries of State got considerables fees.

In the meantime, the Emperor held frequent councils to debate what course should be taken with me; and I was afterwards assured by a particular friend, a person of great quality, who was as much in the *secret* as any, that the Court was under many difficulties concerning me. They apprehended my breaking loose, that my diet would be very expensive, and might cause a famine. Sometimes they determined to starve me, or at least to shoot me in the face and hands with poisoned arrows, which would soon dispatch me : but again they considered, that the stench of so large a carcass might produce a plague in the metropolis, and probably spread through the whole kingdom. In the midst of these consultations, several officers of the army went to the door of the great council-chamber; and two of them being admitted, gave an account of my behaviour to the six criminals above-mentioned, which made so favourable an impression in the breast of his Majesty and the whole Board in my behalf, that an Imperial Commission was issued out, obliging all the villages nine hundred yards round the city, to deliver in every morning six beeves, forty sheep, and other victuals for my sustenance; together with a proportionable quantity of bread, and wine, and other liquors : for the due payment of which, his Majesty gave assignments upon his Treasury.

et personne ne pouvait s'approcher de moi à moins de cinquante yards sans un laissez-passer officiel. La délivrance de ces laissez-passer fit la fortune des ministres.

Cependant l'Empereur tenait fréquemment conseil à mon sujet. Qu'allait-on faire de moi? La Cour était dans le pire embarras. Je le sus plus tard par un ami, un haut dignitaire très bien informé. On craignait mon évasion, mais on ne craignait pas moins une famine car mon régime était fort coûteux. On parla donc de me laisser mourir de faim, ou au moins de me cribler les mains et le visage de flèches empoisonnées fort efficaces, mais mon cadavre en se décomposant ne pouvait qu'infester la capitale et empuantir tout le Royaume. Pendant qu'on délibérait, il se présenta à la porte de la Chambre du Conseil plusieurs officiers. Deux d'entre eux furent admis, et rapportèrent au Prince ma clémence envers les six délinquants dont j'ai parlé plus haut. Ce récit fit si bonne impression sur Sa Majesté et sur tous les conseillers, qu'ils instituèrent aussitôt une Commission impériale chargée de la réquisition quotidienne dans tous les villages distants de moins de cinq cents toises de la capitale, de six bœufs[1], quarante moutons et autres victuailles à mon intention, ainsi que du pain, du vin et d'autres boissons en quantité suffisante. Tout cela serait payé par Sa Majesté en bons à valoir sur les biens de la Couronne.

1. Le surnom lilliputien de Gulliver, *Quinbus Flestrin,* vient de là (cf. note 18).

For this Prince lives chiefly upon his own demesnes, seldom except upon great occasions raising any subsidies upon his subjects, who are bound to attend him in his wars at their own expense. An establishment was also made of six hundred persons to be my domestics, who had board-wages allowed for their maintenance, and tents built for them very conveniently on each side of my door. It was likewise ordered, that three hundred tailors should make me a suit of clothes after the fashion of the country : that six of his Majesty's greatest scholars should be employed to instruct me in their language : and, lastly, that the Emperor's horses, and those of the nobility and troops of guards, should be exercised in my sight, to accustom themselves to me. All these orders were duly put in execution, and in about three weeks I made a great progress in learning their language; during which time, the Emperor frequently honoured me with his visits, and was pleased to assist my masters in teaching me. We began already to converse together in some sort; and the first words I learnt were to express my desire that he would please to give me my liberty, which I every day repeated on my knees. His answer, as I could apprehend, was, that this must be a work of time, not to be thought on without the advice of his Council, and that first I must *lumos kelmin pesso desmar lon emposo;*

1. *Lumos Kelmin Pesso Desmar Lon Emposo (Li) :* « Jurer la paix avec lui et son royaume » (traduction de Swift). Sabir européen, où l'on reconnaît les déformations hispanomorphes de mots anglais connus : *peace,* « paix » (*pesso*) et *emposo,* « empire ». — *Kelmin* paraît composé de deux pronoms personnels, l'espagnol *él* et le grec μὶν,

Ce Prince n'a, en effet, guère d'autres revenus que ceux de ses propres domaines, et ne lève d'impôts qu'à titre exceptionnel sur ses sujets. Ceux-ci, en revanche, sont tenus de le suivre à la guerre à leurs frais. On me donna une maison de six cents personnes nourries aux frais de l'État et fort bien logées en des tentes que l'on dressa de part et d'autre de ma porte. On prit d'autres mesures encore, comme de commander à trois cents maîtres tailleurs un costume pour moi, à la mode du Royaume, et de charger six des plus grands savants de m'apprendre la langue du pays ; enfin, il fut prescrit que les chevaux de l'Empereur, de la noblesse et de la Garde feraient souvent l'exercice en ma présence, afin de les habituer à ma vue. Tous ces ordres furent dûment exécutés, et en trois semaines environ je fis de grands progrès en leur langue. Pendant ce temps-là, l'Empereur me fit souvent l'honneur de me rendre visite, et se plut à assister mes maîtres dans leurs leçons. Nous commencions déjà à nous comprendre un peu, et les premiers mots que j'appris furent pour lui demander de me rendre ma liberté — prière que chaque jour je répétais à genoux. Comme je le craignais, il me répondit qu'il fallait attendre, que cette décision ne pouvait être prise sans l'avis du Conseil et qu'il faudrait d'abord *Lumos kelmin pesso desmar lon Emposo*[1],

precédés d'un *K* emprunté au grec ϰαι. Il signifierait « et avec lui », *Desmar* rappelle l'espagnol *demás,* « de plus », et *lumos* semble composé de la racine grecque λύω, « je défais », et d'une négation fantaisiste qui lui donne le sens de « ne pas défaire », conclure.

that is, swear a peace with him and his kingdom. However, that I should be used with all kindness, and he advised me to acquire by my patience, and discreet behaviour, the good opinion of himself and his subjects. He desired I would not take it ill, if he gave orders to certain proper officers to search me; for probably I might carry about me several weapons, which must needs be dangerous things, if they answered the bulk of so prodigious a person. I said, his Majesty should be satisfied, for I was ready to strip myself, and turn up my pockets before him. This I delivered part in words, and part in signs. He replied, that by the laws of the kingdom I must be searched by two of his officers; that he knew this could not be done without my consent and assistance; that he had so good an opinion of my generosity and justice, as to trust their persons in my hands : that whatever they took from me should be returned when I left the country, or paid for at the rate which I would set upon them. I took up the two officers in my hands, put them first into my coat-pockets, and then into every other pocket about me, except my two fobs, and another secret pocket which I had no mind should be searched, wherein I had some little necessaries of no consequence to any but myself. In one of my fobs there was a silver watch, and in the other a small quantity of gold in a purse. These gentlemen, having pen, ink and paper about them, made an exact inventory of everything they saw;

c'est-à-dire m'engager à vivre en paix avec le Prince et son Royaume. Il m'assura qu'on me traiterait toujours avec de grands égards, et il me conseillait de gagner son estime et celle de son peuple par ma patience et ma bonne conduite. Il me pria encore de ne point le prendre en mauvaise part s'il donnait ordre à ses officiers de me fouiller, car il était probable que j'eusse sur moi des armes qui ne pouvaient manquer d'être très dangereuses, si leurs dimensions étaient aussi prodigieuses que les miennes. Je répondis, m'exprimant autant par signes qu'en paroles, que Sa Majesté serait satisfaite car j'étais prêt à me dévêtir et à retourner mes poches devant lui. Il répliqua que, d'après la loi du Royaume, je devais être fouillé par deux de ses officiers, ce qui n'était possible, il le voyait bien, qu'avec mon consentement, et mon aide ; mais il avait de ma justice et de ma générosité une si bonne opinion qu'il ne craignait pas de remettre leurs personnes entre mes mains ; il m'assura en outre que tout ce qu'ils pourraient confisquer me serait rendu à mon départ du pays, ou payé au prix que je fixerais.

Je pris les fonctionnaires dans ma main et les posai d'abord dans la poche de mon pourpoint, puis dans toutes les autres poches de mes vêtements, sauf mes deux goussets, et une autre poche secrète que je ne voulais pas laisser fouiller, car j'y gardais certains objets qui n'avaient d'intérêt que pour moi. Dans l'un des goussets il y avait une montre d'argent, dans l'autre une bourse avec un peu d'or. Les commissaires, qui s'étaient munis de plumes, d'encre et de papier, firent un inventaire exact de tout ce qu'ils trouvèrent,

and when they had done, desired I would set them down, that they might deliver it to the Emperor. This inventory I afterwards translated into English, and is word for word as follows.

Imprimis, In the right coat-pocket of the Great Man-Mountain (for so I interpret the words *Quinbus Flestrin*) after the strictest search, we found only one great piece of coarse cloth, large enough to be a foot-cloth for your Majesty's chief room of state. In the left pocket, we saw a huge silver chest, with a cover of the same metal, which we the searchers were not able to lift. We desired it should be opened, and one of us stepping into it, found himself up to the mid leg in a sort of dust, some part whereof flying up to our faces, set us both a sneezing for several times together. In his right waistcoat-pocket, we found a prodigious bundle of white thin substances, folded one over another, about the bigness of three men, tied with a strong cable, and marked with black figures ; which we humbly conceive to be writings, every letter almost half as large as the palm of our hands. In the left, there was a sort of engine, from the back of which were extended twenty long poles, resembling the palisados before your Majesty's Court ;

1. *Quinbus Flestrin :* « L'Homme-Montagne » (traduction de Swift). Ce surnom semble inspiré par la « clause alimentaire » stipulée au dernier paragraphe du traité. Nous savons (p. 57) qu'une commission impériale réquisitionnait chaque jour six bœufs pour le repas de Gulliver. Or on retrouve ici les éléments suivants : latin

et, quand ils eurent terminé, ils me demandèrent de les poser à terre pour en remettre le texte à l'Empereur. Plus tard je pus traduire en anglais cet inventaire, le voici mot pour mot :

In primis, dans la poche de droite de la veste du grand Homme-Montagne (c'est le sens que je donne aux mots : *Quinbus Flestrin*) [1] après une fouille minutieuse, nous n'avons rien trouvé sinon un morceau de toile grossière assez grand pour faire un tapis de sol dans la salle du Trône de Votre Majesté. Dans la poche de gauche, nous avons observé un énorme coffre en argent, avec un couvercle du même métal, que les soussignés, incapables de le soulever, ont fait ouvrir par l'Homme-Montagne. L'un de nous, y ayant pénétré, s'est enfoncé jusqu'à mi-jambe dans une sorte de poussière qui nous vola au visage, nous faisant éternuer à plusieurs reprises. Dans la poche droite du gilet, nous avons observé une liasse énorme de substances minces et blanches, repliées les unes sur les autres, en tout de la grosseur de trois hommes ; elle était nouée par un gros câble et marquée de grands signes noirs. Nous avons lieu de croire qu'il s'agit là de textes écrits, dont chaque lettre serait grande comme la main. Dans la poche de gauche se trouvait une sorte d'engin, du dos duquel sortaient vingt pieux faisant penser à la palissade du Château de Votre Majesté.

quin(que), « cinq » ; grec (βοῦς), « bœuf » ; anglais *fles(h)*, « viande » ; allemand *drin*, « dedans » (cf. *Fluſt*) : « Il engouffre cinq bœufs comme part de viande. » Si le chiffre cinq a été préféré au chiffre six, c'est peut-être pour des raisons euphoniques (?).

wherewith we conjecture the Man-Mountain combs his head, for we did not always trouble him with questions, because we found it a great difficulty to make him understand us. In the large pocket on the right side of his middle cover (so translate the word *ranfu-lo*, by which they meant my breeches), we saw a hollow pillar of iron, about the length of a man, fastened to a strong piece of timber, larger than the pillar ; and upon one side of the pillar were huge pieces of iron sticking out, cut into strange figures, which we know not what to make of. In the left pocket, another engine of the same kind. In the smaller pocket on the right side, were several round flat pieces of white and red metal, of different bulk ; some of the white, which seemed to be silver, were so large and heavy, that my comrade and I could hardly lift them. In the left pocket were two black pillars irregularly shaped : we could not, without difficulty, reach the top of them as we stood at the bottom of his pocket. One of them was covered, and seemed all of a piece : but at the upper end of the other, there appeared a white round substance, about twice the bigness of our heads. Within each of these was enclosed a prodigious plate of steel ; which, by our orders, we obliged him to show us, because we apprehended they might be dangerous engines.

Nous avons supposé que l'Homme-Montagne l'emploie pour se peigner, mais nous n'avons pas voulu l'importuner constamment de nos questions, voyant la difficulté qu'il avait à nous comprendre. Dans la grande poche du côté droit de son « couvre-milieu » (c'est le sens du mot *ranfu-Lo* [1] par lequel ils désignaient ma culotte) nous avons observé un pilier de fer creux, de la longueur d'un homme et fixé à une pièce de charpente plus volumineuse que le pilier. Faisant saillie sur un des côtés du pilier, il y avait de grosses pièces de fer découpées en formes bizarres et que nous n'avons pu identifier. Dans la poche de gauche, un deuxième engin du même type. Dans la petite poche à droite, il y avait plusieurs rondelles de métal, de deux sortes : blanc et rouge. Quelques-unes des blanches (qui semblaient être d'argent) étaient si grandes et si lourdes que mon collègue et moi ne les avons soulevées qu'à grand-peine. Dans la poche de gauche, se trouvaient deux piliers noirs de forme irrégulière dont nous pûmes tout juste toucher le sommet, nos pieds reposant sur le fond de la poche. L'un d'eux était dans une housse et semblait fait d'une seule pièce. L'autre comportait à son sommet un objet rond, de couleur blanche, gros comme environ deux têtes. Dans chacun de ces cylindres était enchâssée une prodigieuse lame d'acier, que, selon nos instructions, nous avons enjoint l'intéressé de nous montrer, craignant qu'il s'agît là d'engins dangereux.

1. *Ranfu-Lo* : « Couvre-milieu » (traduction de Swift), c'est-à-dire des culottes. On peut deviner le mot rabelaisien *(b)ran*, « excréments », l'anglais *full*, « plein de », suivi de *low*, « par en bas », que l'on retrouve dans *Drunlo* (cf. note 68).

He took them out of their cases, and told us, that in his own country his practice was to shave his beard with one of these, and to cut his meat with the other. There were two pockets which we could not enter : these he called his fobs ; they were two large slits cut into the top of his middle cover, but squeezed close by the pressure of his belly. Out of the right Fob hung a great silver chain, with a wonderful kind of engine at the bottom. We directed him to draw out whatever was at the end of that chain ; which appeared to be a globe, half silver, and half of some transparent metal : for on the transparent side we saw certain strange figures circularly drawn, and thought we could touch them, till we found our fingers stopped with that lucid substance. He put this engine to our ears, which made an incessant noise like that of a watermill. And we conjecture it is either some unknown animal, or the god that he worships : but we are more inclined to the latter opinion, because he assured us (if we understood him right, for he expressed himself very imperfectly), that he seldom did anything without consulting it. He called it his oracle, and said it pointed out the time for every action of his life. From the left fob he took out a net almost large enough for a fisherman, but contrived to open and shut like a purse,

Il les fit sortir pour nous de leur logement, nous expliquant qu'il avait l'habitude chez lui de se faire la barbe avec l'une et de couper sa viande avec l'autre. Il existe également deux poches dans lesquelles nous n'avons pu pénétrer, celles qu'il nommait ses goussets : ce sont deux larges fentes pratiquées dans le haut de son « couvre-milieu » mais maintenues fermées par la pression du ventre.

Une grosse chaîne d'argent pendait du gousset droit, et, au fond de celui-ci, il y avait un engin extraordinaire : nous avons ordonné à l'intéressé de produire l'objet, quel qu'il fût, qui se trouvait au bout de la chaîne. Nous avons vu apparaître alors un globe dont la moitié était d'argent, l'autre moitié d'une sorte de métal transparent : sur le côté transparent, nous avons observé certains signes bizarres, disposés en cercle, et nous pensions pouvoir les toucher, quand nous sentîmes nos doigts arrêtés par cette substance invisible. L'intéressé approcha l'engin de nos oreilles : celui-ci faisait un bruit incessant, pareil au tic-tac d'un moulin à eau. D'après nos conjectures, nous sommes en présence soit de quelque animal inconnu, soit du dieu que l'intéressé adore. Nous inclinerions plutôt pour cette seconde hypothèse, car il nous a déclaré (ou du moins c'est ce que nous avons interprété car il s'exprimait fort imparfaitement) qu'il agissait rarement sans l'avoir consulté. Il l'appelait son oracle et déclara qu'il fixait un temps pour tous les actes de sa vie. Du gousset gauche, l'intéressé a retiré un filet presque aussi vaste que ceux des pêcheurs mais qu'on ouvrait et fermait comme une bourse.

and served him for the same use : we found therein several massy pieces of yellow metal, which if they be of real gold, must be of immense value.

Having thus, in obedience to your Majesty's commands, diligently searched all his pockets, we observed a girdle about his waist made of the hide of some prodigious animal; from which, on the left side, hung a sword of the length of five men; and on the right, a bag or pouch divided into two cells, each cell capable of holding three of your Majesty's subjects. In one of these cells were several globes or balls of a most ponderous metal, about the bigness of our heads, and required a strong hand to lift them : the other cell contained a heap of certain black grains, but of no great bulk or weight, for we could hold above fifty of them in the palms of our hands.

This is an exact inventory of what we found about the body of the Man-Mountain, who used us with great civility, and due respect to your Majesty's Commission. Signed and sealed on the fourth day of the eighty-ninth moon of your Majesty's auspicious reign.

CLEFREN FRELOCK, MARSI FRELOCK.

---

1. *Clefren Frelock :* Nom propre (?). Le deuxième mot fait penser à deux mots anglais : *free,* « libre », et *to look* « regarder ». Peut-être une allusion à la fouille (?). D'autre part, le mot φρὴν signifiant « pensée » et *cle-* étant l'anagramme du français *quel,* on peut imaginer (?) le dialogue suivant entre Gulliver et les commissaires :

C'est d'ailleurs à cet usage que l'objet semble affecté, car nous y avons constaté la présence de plusieurs pièces pesantes faites d'un métal jaune : si c'est vraiment de l'or, ces pièces doivent avoir une valeur immense.

Ayant ainsi, conformément aux ordres de Votre Majesté, inspecté scrupuleusement toutes ses poches, nous avons observé autour de sa taille une ceinture, faite du cuir de quelque animal prodigieux ; elle portait à gauche une épée longue comme cinq fois le corps d'un homme, et à droite une bourse ou sacoche divisée en deux parties qui chacune contiendrait bien trois des sujets de Votre Majesté. L'une d'elles contenait des globes ou boules d'un métal extrêmement pesant, car seul un bras vigoureux eût pu les soulever, bien qu'elles ne fussent pas plus grosses que nos têtes. L'autre partie était remplie d'un tas de grains noirs, qui n'étaient ni très gros ni très lourds, car nous avons pu en prendre plus de cinquante dans le creux de la main.

Tel est l'inventaire exact de tout ce dont nous avons constaté la présence sur le corps de l'Homme-Montagne, lequel nous a reçus avec beaucoup de civilité, et tous les égards dus à la Commission de Sa Majesté. Signé et scellé, le quatrième jour de la quatre-vingt-neuvième lune du règne bienheureux de Votre Majesté.

CLEFREN FRELOCK, MARSI FRELOCK [1].

« Quelle opinion ? Regardé libre(ment) ? — Merci, regardé libre-(ment) ». (cf. le second nom). *Marsi Frelock :* Nom propre également (?). Le premier mot ressemble au français *merci* (cf. *Clefren*). Peut-être un remerciement pour la courtoisie de Gulliver (?).

When this inventory was read over to the Emperor, he directed me to deliver up the several particulars. He first called for my scimitar, which I took out, scabbard and all. In the meantime he ordered three thousand of his choicest troops (who then attended him) to surround me at a distance, with their bows and arrows just ready to discharge : but I did not observe it, for mine eyes were wholly fixed upon his Majesty. He then desired me to draw my scimitar, which, although it had got some rust by the seawater, was in most parts exceeding bright. I did so, and immediately all the troops gave a shout between terror and surprise ; for the sun shone clear, and the reflection dazzled their eyes as I waved the scimitar to and fro in my hand. His Majesty, who is a most magnanimous prince, was less daunted than I could expect ; he ordered me to return it into the scabbard, and cast it on the ground as gently as I could, about six foot from the end of my chain. The next thing he demanded was one of the hollow iron pillars, by which he meant my pocket-pistols. I drew it out, and at his desire, as well as I could, expressed to him the use of it ; and charging it only with powder, which by the closeness of my pouch happened to scape wetting in the sea (an inconvenience that all prudent mariners take special care to provide against), I first cautioned the Emperor not to be afraid, and then I let it off in the air. The astonishment here was much greater than at the sight of my scimitar. Hundreds fell down as if they had been struck dead ; and even the Emperor, although he stood his ground, could not recover himself in some time.

Lorsque l'Empereur eut reçu lecture de cet inventaire, il m'ordonna de lui remettre ces différents articles. Il réclama tout d'abord mon sabre que je décrochai avec son fourreau. Entre-temps il avait donné l'ordre à son escorte, forte ce jour-là de trois mille hommes d'élite, de former autour de moi un vaste cercle, arcs bandés et flèches braquées sur moi. Mais je ne les avais pas remarqués car je tenais les yeux fixés sur Sa Majesté. Il me pria alors de tirer mon sabre. Celui-ci bien qu'un peu rouillé par l'eau de mer restait étincelant et ce fut dans tous les rangs un cri de terreur et de surprise quand je me mis à faire des moulinets, car le soleil brillait, et son éclat sur la lame éblouissait les yeux. Sa Majesté, qui est un Prince du plus grand courage, parut moins impressionné que je n'aurais pu croire ; il me dit de remettre mon sabre au fourreau et de le jeter aussi doucement que je pouvais, à six pieds de l'extrémité de ma chaîne. Après quoi, il voulut voir un de mes « piliers creux en fer », désignant par là mes pistolets de poche. J'en tirai un et sur sa demande lui expliquai du mieux que je pus à quoi cela servait, puis je le chargeai, mais seulement à poudre (la mienne était restée sèche, grâce à la précaution que prend tout marin expérimenté de la tenir toujours dans une sacoche hermétique). Je recommandai à l'Empereur de ne pas prendre peur, et je tirai en l'air. L'effet en fut bien plus terrible que n'avait été la vue de mon sabre ; des centaines de soldats, comme foudroyés, tombèrent à la renverse, et même le Prince, qui pourtant était resté ferme sur ses jambes, mit quelques instants à reprendre ses esprits.

I delivered up both my pistols in the same manner as I had done my scimitar, and then my pouch of powder and bullets; begging him that the former might be kept from fire, for it would kindle with the smallest spark, and blow up his imperial palace into the air. I likewise delivered up my watch, which the Emperor was very curious to see, and commanded two of his tallest Yeomen of the Guards to bear it on a pole upon their shoulders, as draymen in England do a barrel of ale. He was amazed at the continual noise it made, and the motion of the minute-hand, which he could easily discern; for their sight is much more acute than ours : he asked the opinions of his learned men about him, which were various and remote, as the reader may well imagine whithout my repeating; although indeed I could not very perfectly understand them. I then gave up my silver and copper money, my purse with nine large pieces of gold, and some smaller ones; my knife and razor, my comb and silver snuff-box, my handkerchief and journal book. My scimitar, pistols, and pouch, were conveyed in carriages to his Majesty's stores; but the rest of my goods were returned me.

I had, as I before observed, one private pocket which escaped their search, wherein there was a pair of spectacles (which I sometimes use for the weakness of mine eyes),

1. Il semble que, dans toutes ces descriptions, Swift ait été influencé par la théorie de la vision de Berkeley et se soit attaché à présenter un ensemble cohérent et conforme aux lois de la psycholo-

Je lui remis mes deux pistolets, de la même façon que mon sabre, ainsi que la poire à poudre et les balles, non sans l'avertir qu'il fallait surtout ne pas approcher la poudre du feu, car elle était très inflammable et la moindre étincelle eût pu faire sauter d'un seul coup tout le Palais impérial. Je lui remis ensuite ma montre, qui l'intriguait fort. Il se la fit apporter par deux gardes, les plus grands de son régiment, qui s'y prirent à la manière de nos portefaix, quand ils ont à livrer un tonneau de bière : à l'aide d'une perche posée sur leurs épaules. Il s'étonnait de son bruit incessant et du mouvement de la grande aiguille (qu'il discernait très bien, car leur vue est bien plus perçante [1] que la nôtre). Il consulta là-dessus les lettrés de sa suite dont les opinions, le lecteur le concevra de lui-même, furent aussi diverses qu'aberrantes — je n'ai d'ailleurs pas tout compris. Enfin, je déposai aux pieds du Prince mes pièces d'argent et de cuivre, ma bourse contenant neuf grosses pièces d'or, et plusieurs petites, mon canif et mon rasoir, mon peigne et ma tabatière d'argent, enfin mon mouchoir et mon journal de bord. Le sabre et les pistolets ainsi que la sacoche de munitions furent transportés par route à l'arsenal de Sa Majesté, mais on me rendit tout le reste.

Comme je l'ai déjà dit, j'avais encore une poche secrète qui avait échappé à la fouille, et où se trouvaient mes besicles (qui me servent souvent, car ma vue est faible),

---

gie : les notions de taille, de grandeur et de petitesse ne sont pas innées en nous, mais sont simplement le résultat d'habitudes et d'états d'esprit commandés par nos organes sensoriels.

a pocket perspective, and several other little conveniences; which being of no consequence to the Emperor, I did not think myself bound in honour to discover, and I apprehended they might be lost or spoiled if I ventured them out of my possession.

CHAPTER III

The author diverts the Emperor and his nobility of both sexes in a very uncommon manner. The diversions of the Court of Lilliput described. The author hath his liberty granted him upon certain conditions.

My gentleness and good behaviour had gained so far on the Emperor and his Court, and indeed upon the army and people in general, that I began to conceive hopes of getting my liberty in a short time. I took all possible methods to cultivate this favourable disposition. The natives came by degrees to be less apprehensive of any danger from me. I would sometimes lie down, and let five or six of them dance on my hand. And at last the boys and girls would venture to come and play at hide and seek in my hair. I had now made a good progress in understanding and speaking their language. The Emperor had a mind one day to entertain me with several of the country shows, wherein they exceed all nations I have known, both for dexterity and magnificence. I was diverted with none so much as that of the rope-dancers,

une longue-vue, et d'autres babioles qui ne devaient présenter aucun intérêt pour l'Empereur et que je ne m'estimais pas tenu de lui révéler, mais que j'aurais craint de laisser perdre ou abîmer en venant à m'en dessaisir.

CHAPITRE III

L'auteur donne à l'Empereur ainsi qu'aux Seigneurs et Dames de la Cour un divertissement fort original. — Les amusements de la Cour. — L'auteur obtient sa liberté sous condition.

Ma douceur et ma patience m'avaient si bien gagné la faveur du Prince et de la Cour, et même, à dire vrai, la faveur de l'armée et du pays tout entier, que j'avais bon espoir de recouvrer bientôt ma liberté. Je ne négligeais rien qui pût contribuer à cette bonne impression, et petit à petit les Lilliputiens cessèrent de me craindre. Il m'arrivait de m'étendre par terre et d'en laisser danser cinq ou six sur ma main, et même, au bout de quelque temps, les garçons et les filles s'enhardissaient jusqu'à jouer à cache-cache dans mes cheveux. Je parlais et je comprenais de mieux en mieux leur langue. L'Empereur eut l'idée de me présenter certains divertissements où son peuple excelle et où il fait preuve d'une adresse et d'une magnificence que je n'ai vues dans aucune nation. Rien ne me charma tant que les danses sur la corde raide.

performed upon a slender white thread, extended about two foot, and twelve inches from the ground. Upon which I shall desire liberty, with the reader's patience, to enlarge a little.

This diversion is only practised by those persons who are candidates for great employments, and high favour, at Court. They are trained in this art from their youth, and are not always of noble birth, or liberal education. When a great office is vacant either by death or disgrace (which often happens) five or six of those candidates petition the Emperor to entertain his Majesty and the Court with a dance on the rope, and whoever jumps the highest without falling, succeeds in the office. Very often the chief Ministers themselves are commanded to show their skill, and to convince the Emperor that they have not lost their faculty. Flimnap, the Treasurer, is allowed to cut a caper on the strait rope, at least an inch higher than any other lord in the whole Empire. I have seen him do the summerset several times together upon a trencher fixed on the rope, which is no thicker than a common pack-thread in England. My friend Reldresal, Principal Secretary for Private Affairs,

1. *Flimnap* : Anagramme phonétique de *Pamphile*, « l'ami de tous », c'est-à-dire « l'opportuniste ». Notons aussi que le mot rappelle l'anglais *flimsy*, « léger, sans consistance », et *nap*, « duvet ». Les contemporains de Swift ont vu dans le personnage du trésorier une caricature de Robert Walpole. Ce talent de danseur sur corde raide, en particulier, est un symbole de la dextérité montrée par Walpole au milieu des intrigues parlementaires.

Elles s'exécutaient sur un mince fil blanc de plus de deux pieds de long, tendu à douze pouces du sol. Ce spectacle mérite, si le lecteur m'y autorise, une description plus détaillée.

Ne viennent danser que les candidats aux charges importantes et promis à une haute considération. On s'entraîne donc dès l'enfance, qu'on soit ou non de naissance noble et d'éducation libérale. Lorsqu'un décès, ou plus souvent une disgrâce, laisse vacant quelque poste élevé, cinq ou six prétendants prient par écrit l'Empereur de leur laisser offrir à Sa Majesté et à sa Cour un numéro de corde raide, car c'est celui qui sautera le mieux sans tomber qui obtiendra la charge. Bien souvent, les ministres en place sont invités à montrer leur habileté et à prouver au Prince qu'ils n'ont rien perdu de leur talent. Flimnap[1], le Grand Trésorier du Royaume, est un éblouissant danseur de corde raide, il saute au moins un pouce plus haut qu'aucun autre grand seigneur de l'Empire. Je l'ai vu danser plusieurs fois le saut périlleux[2] sur une planchette fixée à la corde ; et celle-ci est à peine plus grosse que ce que nous appelons « petite ficelle ». Si mon jugement est bien impartial, c'est mon ami Reldresal[3], Premier Conseiller aux Affaires privées,

---

2. Jeu de mots intraduisible en français. Le mot *summerset* existe comme variante orthographique de *summersault,* qui vient du vieux français *soubresaut* et désigne notre « saut périlleux ». Mais il est homonyme du nom de *Somerset :* le duc et la duchesse de Somerset étaient à la tête du parti whig. La duchesse était la favorite de la reine, et l'ennemie personnelle de Swift.

3. *Reldresal :* On retrouve toutes les lettres des deux mots anglais *red seal,* « sceau rouge », surconsonantisés. L'hypothèse la plus courante est de voir en ce personnage lord Carteret.

is, in my opinion, if I am not partial, the second after the Treasurer; the rest of the great officers are much upon a par.

These diversions are often attended with fatal accidents, whereof great numbers are on record. I myself have seen two or three candidates break a limb. But the danger is much greater when the Ministers themselves are commanded to show their dexterity; for by contending to excel themselves and their fellows, they strain so far, that there is hardly one of them who hath not received a fall, and some of them two or three. I was assured that a year or two before my arrival, Flimnap would have infallibly broke his neck, if one of the *King's cushions*, that accidentally lay on the ground, had not weakened the force of his fall.

There is likewise another diversion, which is only shown before the Emperor and Empress, and first Minister, upon particular occasions. The Emperor lays on a table three fine silken threads of six inches long. One is blue, the other red, and the third green. These threads are proposed as prizes for those persons whom the Emperor hath a mind to distinguish by a peculiar mark of his favour. The ceremony is performed in his Majesty's great chamber of state, where the candidates are to undergo a trial of dexterity very different from the former,

1. Allusion à la première chute que fit Walpole en 1717, lorsqu'il refusa de suivre la politique belliciste de Stanhope. Le coussin du roi symboliserait la duchesse de Kendall, à l'influence de laquelle Walpole dut de rentrer en grâce.

qui mérite la deuxième place après le Chef du Trésor ; puis vient le reste des grands officiers, qui m'ont paru à peu près d'égale force.

Ces divertissements sont souvent marqués d'accidents funestes, dont on cite encore un très grand nombre. Pour ma part, j'ai vu deux ou trois candidats se casser un membre. Mais le danger est beaucoup plus grand quand il s'agit de Ministres sommés de donner des preuves de leur adresse, car ils font de tels efforts pour se surpasser eux-mêmes, pour faire mieux que leurs rivaux, qu'il est bien rare de ne pas en voir tomber, et même plusieurs fois. On m'a raconté qu'un an ou deux avant mon arrivée, Flimnap se fût infailliblement rompu le col, si l'un des *coussins du roi*, qui se trouvait là par hasard, n'eût alors amorti sa chute[1].

Il existe un autre divertissement qui ne se donne qu'en certaines grandes occasions devant l'Empereur, l'Impératrice, et le Premier Ministre. Sa Majesté place sur une table trois fils de soie, longs de six pouces : l'un est bleu, l'autre est rouge, et le troisième vert[2]. Ces fils sont les récompenses que l'Empereur se propose de décerner à ceux qu'il désire honorer d'une marque spéciale de faveur. La cérémonie a lieu dans la grande salle du trône, où les candidats doivent subir une épreuve d'agilité très différente de la précédente,

2. Ces trois fils de soie représentent les trois ordres les plus cotés de l'Angleterre. Le bleu, c'est le ruban de la Jarretière, fondé au XIVᵉ siècle, par Édouard III. — Le vert, c'est celui du Chardon, un vieil ordre écossais, remis en honneur en 1687 par Jacques II. Quant au ruban rouge, il représente précisément la décoration que Walpole était en train de ressusciter à l'époque, celle de l'ordre du Bain.

and such as I have not observed the least resemblance of in any other country of the old or the new world. The Emperor holds a stick in his hands, both ends parallel to the horizon, while the candidates, advancing one by one, sometimes leap over the stick, sometimes creep under it backwards and forwards several times, according as the stick is advanced or depressed. Sometimes the Emperor holds one end of the stick, and his first Minister the other; sometimes the Minister has it entirely to himself. Whoever performs his part with most agility, and holds out the longest in *leaping* and *creeping,* is rewarded with the blue-coloured silk; the red is given to the next, and the green to the third, which they all wear girt twice round about the middle; and you see few great persons about this Court who are not adorned with one of these girdles.

The horses of the army, and those of the royal stables, having been daily led before me, were no longer shy, but would come up to my very feet whithout starting. The riders would leap them over my hand as I held it on the ground, and one of the Emperor's huntsmen, upon a large courser, took my foot, shoe and all; which was indeed a prodigious leap. I had the good fortune to divert the Emperor one day after a very extraordinary manner. I desired he would order several sticks of two foot high, and the thickness of an ordinary cane, to be brought me; whereupon his Majesty commanded the Master of his Woods to give directions accordingly,

et sans équivalent, que je sache, dans aucun autre pays de l'Ancien ou du Nouveau Monde. L'Empereur a un grand bâton, qu'il tient horizontalement, tantôt au niveau du sol, tantôt plus haut, et les candidats doivent tour à tour sauter par-dessus ou ramper par-dessous, selon la hauteur du bâton ; il y a plusieurs épreuves, de face et à reculons. Parfois l'Empereur tient le bâton par un bout, et le Premier Ministre par l'autre, parfois aussi le Ministre est le seul à l'avoir en main. Celui qui se montrera le plus agile et le plus endurant à cet exercice aura en récompense le fil bleu, le second aura le rouge et le suivant le vert. On les porte enroulés deux fois autour de la taille, et presque tous ceux qui jouent quelque rôle à la Cour ont l'une de ces décorations.

Grâce à leurs exercices quotidiens en ma présence, les chevaux de l'armée comme ceux des écuries royales n'avaient plus peur de moi, mais venaient sans broncher jusqu'entre mes pieds. Les cavaliers faisaient sauter leurs montures par-dessus ma main posée à plat sur le sol, et un des piqueurs du Roi, montant un grand cheval de course, franchit mon pied tout chaussé, en un bond qui, vraiment, tenait du prodige. J'eus l'heur de distraire un jour l'Empereur d'une façon fort peu banale : je lui demandai de me faire apporter des bâtonnets de la longueur de deux pieds et de la grosseur d'une canne ordinaire. Sa Majesté fit donc donner par son maître forestier des ordres en conséquence,

and the next morning six woodmen arrived with as many carriages, drawn by eight horses to each. I took nine of these sticks, and fixing them firmly in the ground in a quadrangular figure, two foot and a half square, I took four other sticks, and tied them parallel at each corner, about two foot from the ground; then I fastened my handkerchief to the nine sticks that stood erect, and extended it on all sides till it was as tight as the top of a drum; and the four parallel sticks, rising about five inches higher than the handkerchief, served as ledges on each side. When I had finished my work, I desired the Emperor to let a troop of his best horse, twenty-four in number, come and exercise upon this plain. His Majesty approved of the proposal, and I took them up one by one in my hands, ready mounted and armed, with the proper officers to exercise them. As soon as they got into order, they divided into two parties, performed mock skirmishes, discharged blunt arrows, drew their swords, fled and pursued, attacked and retired, and in short discovered the best military discipline I ever beheld. The parallel sticks secured them and their horses from falling over the stage; and the Emperor was so much delighted, that he ordered this entertainment to be repeated several days, and once was pleased to be lifted up, and give the word of command; and, with great difficulty, persuaded even the Empress herself to let me hold her in her close chair within two yards of the stage, from whence she was able to take a full view of the whole performance.

et le lendemain, six bûcherons me livraient les pièces de bois, en un nombre égal de voitures, tirées par huit chevaux chacune. Je pris donc neuf de ces bâtons que je plantai fermement dans le sol, de façon à délimiter un espace rectangulaire, d'une surface de deux pieds et demi carrés. Je plaçai horizontalement à chaque coin quatre autres bâtons à deux pieds environ du sol. Je fixai ensuite mon mouchoir aux neuf piquets verticaux et je le tendis comme une peau de tambour. Les quatre bâtons horizontaux qui se trouvaient à cinq pouces au-dessus du mouchoir servaient de balustrade à l'entour. Quand tout fut terminé, je proposai à l'Empereur cette esplanade comme champ de manœuvre, pour deux douzaines de ses meilleurs cavaliers. Mon projet lui plut : les soldats se présentèrent à cheval et en armes, je les pris tels quels et les déposai là-haut ainsi que les officiers qui devaient commander l'exercice. Sitôt installés ils se divisèrent en deux camps et exécutèrent tous les mouvements d'un combat simulé : tir de flèches mouchetées, escrime au sabre, décrochage et poursuite, attaque et retraite, bref la plus belle démonstration de tactique que j'aie jamais vue. La balustrade que j'avais fixée prévint tout accident, et l'Empereur prit tant de plaisir à ce spectacle qu'il le fit recommencer plusieurs fois. Un jour même, il lui plut de monter en personne sur le plateau et de commander l'exercice. Il obtint aussi — non sans mal — de l'Impératrice qu'elle se laissât soulever en l'air dans sa chaise à porteurs, à moins de deux yards de la scène, afin de voir plus commodément l'ensemble des combats.

It was my good fortune that no ill accident happened in these entertainments, only once a fiery horse that belonged to one of the captains pawing with his hoof struck a hole in my handkerchief, and his foot slipping, he overthrew his rider and himself; but I immediately relieved them both, and covering the hole with one hand, I set down the troop with the other, in the same manner as I took them up. The horse that fell was strained in the left shoulder, but the rider got no hurt, and I repaired my handkerchief as well as I could; however, I would not trust to the strength of it any more in such dangerous enterprises.

About two or three days before I was set at liberty, as I was entertaining the Court with these kinds of feats, there arrived an express to inform his Majesty, that some of his subjects, riding near the place where I was first taken up, had seen a great black substance lying on the ground, very oddly shaped, extending its edges round as wide as his Majesty's bedchamber, and rising up in the middle as high as a man; that it was no living creature, as they at first apprehended, for it lay on the grass without motion, and some of them had walked round it several times; that by mounting upon each others' shoulders, they had got to the top, which was flat and even, and stamping upon it they found it was hollow within; that they humbly conceived it might be something belonging to the Man-Mountain, and if his Majesty pleased, they would undertake to bring it with only five horses.

J'eus de la chance au cours de ces exercices : on n'eut jamais à déplorer d'accidents graves. Un jour, pourtant, le cheval d'un des capitaines, une bête pleine de feu, donna un tel coup de pied qu'il troua l'étoffe de mon mouchoir. Sa patte s'enfonça, il s'abattit, le cavalier fit la culbute. Mais je vins aussitôt à leur aide et couvrant le trou d'une main, je reposai de l'autre tous les cavaliers sur le sol. Le cheval accidenté eut l'épaule gauche démise, son maître n'eut aucun mal et je réparai mon mouchoir du mieux que je pus. Cependant je n'avais plus assez confiance en sa solidité pour continuer des jeux si dangereux.

Au milieu d'une séance de ce genre, quelques jours avant qu'on me rendît ma liberté, un messager vint annoncer à Sa Majesté que certains de ses sujets, parcourant à cheval l'endroit où j'avais débarqué, avaient découvert sur le sol un énorme objet noir, d'une forme extraordinaire : un rebord circulaire, et plus grand que la chambre à coucher de Sa Majesté ; au centre, une éminence de la hauteur d'un homme. Il ne s'agissait pas d'un être animé, comme on l'avait craint tout d'abord, car il gisait dans l'herbe sans le moindre mouvement. Certains en avaient fait le tour plusieurs fois, puis, se faisant la courte échelle, en avaient atteint le sommet, lequel était plat et de surface unie. Cela sonnait creux, quand on frappait du pied. Il devait s'agir, à leur humble avis, d'un objet appartenant à l'Homme-Montagne. Si Sa Majesté l'ordonnait, ils le feraient venir ; cinq chevaux y suffiraient.

I presently knew what they meant, and was glad at heart to receive this intelligence. It seems upon my first reaching the shore after our shipwreck, I was in such confusion, that before I came to the place where I went to sleep, my hat, which I had fastened with a string to my head while I was rowing, and had stuck on all the time I was swimming, fell off after I came to land; the string, as I conjecture, breaking by some accident which I never observed, but thought my hat had been lost at sea. I entreated his Imperial Majesty to give orders it might be brought to me as soon as possible, describing to him the use and the nature of it : and the next day the waggoners arrived with it, but not in a very good condition ; they had bored two holes in the brim, within an inch and a half of the edge, and fastened two hooks in the holes ; these hooks were tied by a long cord to the harness, and thus my hat was dragged along for above half an English mile : but the ground in that country being extremely smooth and level, it received less damage than I expected.

Two days after this adventure, the Emperor having ordered that part of his army which quarters in and about his metropolis to be in a readiness, took a fancy of diverting himself in a very singular manner. He desired I would stand like a colossus, with my legs as far asunder as I conveniently could. He then commanded his General (who was an old experienced leader, and a great patron of mine) to draw up the troops in close order, and march them under me,

Je compris à l'instant ce qu'ils voulaient dire, et me réjouis fort de la nouvelle. J'étais si mal en point, semble-t-il, en atteignant la rive après notre naufrage, que ce fut sur la terre ferme que j'avais perdu mon chapeau, en cherchant un endroit où dormir. Je l'avais attaché avec une corde pendant que je ramais, il était resté sur ma tête quand je me fus mis à la nage, puis la corde avait dû casser sans que je m'en aperçusse et je crus que mon chapeau s'était perdu en mer. J'expliquai donc à Sa Majesté Impériale la nature et l'usage de cet objet, la priant de me le faire rapporter au plus vite. Le lendemain on me le remettait, mais pas en très bon état : les convoyeurs y avaient percé deux trous à un pouce et demi du bord ; ils avaient passé deux crochets dans ces trous et attelé le tout grâce à une longue corde fixée aux crochets. Le remorquage fut d'un bon demi-mille anglais. Heureusement le sol de ce pays est remarquablement lisse et uni ; aussi mon couvre-chef fut moins abîmé que je ne pouvais le craindre.

Deux jours après cette aventure, l'Empereur eut un caprice : il battit le rappel de toutes les troupes cantonnées dans la capitale et dans les environs, et mit au point un divertissement des plus cocasses. Il me pria de prendre la pose du Colosse de Rhodes, debout et les jambes écartées au maximum, puis il chargea son Général (vieux chef plein d'expérience et un de mes grands soutiens à la Cour), de mettre ses troupes en colonne et de les faire défiler sous moi :

the foot by twenty-four in a breast, and the horse by sixteen, with drums beating, colours flying, and pikes advanced. This body consisted of three thousand foot, and a thousand horse. His Majesty gave orders, upon pain of death, that every soldier in his march should observe the strictest decency with regard to my person ; which, however, could not prevent some of the younger officers from turning up their eyes as they passed under me. And, to confess the truth, my breeches were at that time in so ill a condition, that they afforded some opportunities for laughter and admiration.

I had sent so many memorials and petitions for my liberty, that his Majesty at length mentioned the matter, first in the Cabinet, and then in a full council ; where it was opposed by none, except Skyresh Bolgolam, who was pleased, without any provocation, to be my mortal enemy. But it was carried against him by the whole Board, and confirmed by the Emperor. That Minister was *Galbet,* or Admiral of the Realm, very much in his master's confidence, and a person well versed in affairs, but of a morose and sour complexion. However, he was at length persuaded to comply ;

1. *Skyresh Bolgolam :* Le deuxième mot est l'anagramme de *Malbolog,* qui ressemble fort à *Marlborough* (étant admise l'équivalence $l = r$). Le *h* final intermittent du mot précédent peut être un rappel de l'orthographe de ce nom. Quant au mot *Skyr-es* lui-même, il semble n'être rien d'autre que l'anglais *esquire,* « monsieur », légèrement transposé. Il est insultant de donner ce titre à un duc. Le fait qu'il s'agisse d'une anagramme fort reconnaissable de *Malbolog* (graphie à peine déguisée de *Marlborough*) nous autorise à voir, dans

l'infanterie par rangs de vingt-quatre, la cavalerie par rangs de seize, tambours battants, drapeaux au vent et piques hautes. Il y avait là trois mille fantassins et mille cavaliers. Sa Majesté avait interdit à tout soldat sous peine de mort le moindre manque d'égards envers ma personne au cours du défilé ; ce qui n'empêcha pas certains jeunes officiers de lever les yeux en passant sous moi. Et la vérité m'oblige à dire que mes culottes étaient alors assez mal en point pour leur donner l'occasion de rire et de s'émerveiller.

J'avais présenté tant de requêtes et de pétitions pour obtenir ma liberté, qu'à la fin Sa Majesté traita de l'affaire d'abord en Cabinet, ensuite au Grand Conseil. Il n'y eut d'autre opposition que celle de Skyresh Bolgolam [1], qui décida d'être mon ennemi mortel — sans la moindre provocation de ma part — mais le vote de tous les autres emporta la décision, que l'Empereur ratifia aussitôt. Ce Ministre était *Galbet* [2] c'est-à-dire Grand Amiral du Royaume. C'était un homme très habile en affaires et fort écouté du Roi, mais d'un tempérament aigre et chagrin. Il se rangea finalement à l'avis de la majorité,

ce militaire acharné contre le héros de l'histoire, le fameux chef anglais. Les démêlés de Swift avec ce grand champion des whigs et avec sa femme expliquent son désir de le caricaturer.

2. *Galbet :* Grand Amiral (traduction de Swift). La première syllabe évoque le mot *galère* (en anglais *galley*) ou le mot *galion*. La deuxième semble être l'abréviation de l'anglais *better,* qui peut signifier « le supérieur hiérarchique ».

but prevailed that the articles and conditions upon which I should be set free, and to which I must swear, should be drawn up by himself. These articles were brought to me by Skyresh Bolgolam in person, attended by two Under-Secretaries, and several persons of distinction. After they were read, I was demanded to swear to the performance of them; first in the manner of my own country, and afterwards in the method prescribed by their laws; which was to hold my right foot in my left hand, to place the middle finger of my right hand on the crown of my head, and my thumb on the tip of my right ear. But, because the reader may perhaps be curious to have some idea of the style and manner of expression peculiar to that people, as well as to know the articles upon which I recovered my liberty, I have made a translation of the whole instrument word for word, as near as I was able, which I here offer to the public.

GOLBASTO MOMAREN EVLAME GURDILO SHEFIN MULLY ULLY GUE, most mighty Emperor of Lilliput, Delight and Terror of the Universe, whose dominions extend five thousand blustrugs (about twelve miles in circumference), to the extremities of the globe; Monarch of all Monarchs, taller than the sons of men; whose feet press down to the centre,

1. *Golbasto Momaren Evlame Gurdilo Shefin Mully Ully Gue (Li)* : Les trois derniers mots semblent être l'anagramme de *Lemuel Gulliver ;* le premier, un ablatif burlesque du lilliputien *Galbet,* « l'amiral » ; le deuxième (qu'on peut ramener à *Memoran)* ressemble à une contraction de *memoriam,* du même type que *eksanfecclesiam*

mais obtint qu'on le laissât fixer les conditions de ma mise en liberté, et rédiger le serment que j'aurais à faire. Ce texte me fut présenté par Skyresh Bolgolam lui-même, accompagné de deux Vice-Ministres et de plusieurs personnes de haut rang. Il m'en fut fait lecture, après quoi je dus jurer de m'y conformer d'abord selon les us de ma patrie, et ensuite de la façon établie par leurs lois, c'est-à-dire en tenant mon pied droit dans la main gauche, et en plaçant le doigt majeur de la main droite sur le sommet de ma tête, le pouce touchant mon oreille droite.

Mais, pensant que le lecteur peut trouver intéressant de connaître un peu le style particulier et les tournures de ce peuple, comme aussi les conditions de ma mise en liberté, je traduis à son intention ce document, mot pour mot, et aussi exactement que je le puis.

GOLBASTO MOMAREN EVLAME GURDILO SHEFIN MULLY ULLY GUE[1], très puissant Empereur de Lilliput, Terreur et délices de l'Univers; dont les domaines couvrent cinq mille *blustrugs*[2] (soit un cercle de douze milles de circonférence) et vont jusqu'aux extrémités du globe; Monarque entre les monarques; plus grand que les fils des hommes; dont le pied descend jusqu'au centre de la terre

---

(voir *slamecksan*), il pourrait rappeler les *mémoires* mentionnés au début du paragraphe. Le reste est indéchiffrable.

2. *Blustrug :* Le mot est composé de *bus* (en grec βοῦς), le bœuf, avec un *l* de saupoudrage, et d'un mot allemand qui peut être *trag (en)* ou *Tag ;* c'est la surface sur laquelle un bœuf tire sa charrue, le « journal ».

and whose head strikes against the sun : at whose nod the princes of the earth shake their knees; pleasant as the spring, comfortable as the summer, fruitful as autumn, dreadful as winter. His most sublime Majesty proposeth to the Man-Mountain, lately arrived to our celestial dominions, the following articles, which by a solemn oath he shall be obliged to perform.

First, The Man-Mountain shall not depart from our dominions, without our licence under our great seal.

2nd, He shall not presume to come into our metropolis, without our express order; at which time the inhabitants shall have two hours warning to keep within their doors.

3rd, The said Man-Mountain shall confine his walks to our principal high roads, and not offer to walk or lie down in a meadow or field of corn.

4th, As he walks the said roads, he shall take the utmost care not to trample upon the bodies of any of our loving subjects, their horses, or carriages, nor take any of our said subjects into his hands, without their own consent.

5th, If an express require extraordinary dispatch, the Man-Mountain shall be obliged to carry in his pocket the messenger and horse a six days' journey once in every moon,

et le front s'élève jusqu'au soleil; dont le regard fait trembler les Rois du Monde et fléchir leurs genoux; généreux comme l'automne, aimable comme le printemps, réconfortant comme l'été, terrible comme l'hiver[1]. Sa Très Sublime Majesté propose à l'Homme-Montagne, nouvel arrivé dans Notre Céleste Royaume, les articles suivants que, par serment solennel, il jure de respecter :

I. L'Homme-Montagne ne quittera pas Notre Empire sans Notre autorisation dûment scellée du Grand Sceau.

II. Il ne prendra pas la liberté de venir dans Notre Capitale sauf permission spéciale de Notre part, auquel cas la population sera avertie deux heures à l'avance de se tenir dans les maisons.

III. Ledit Homme-Montagne ne pourra circuler que sur les grandes routes et se gardera de s'étendre ou de marcher sur les prairies et les champs de blé.

IV. Au cours de ses déplacements sur lesdites routes, il veillera soigneusement à ne pas écraser quelqu'un de Nos fidèles sujets, non plus que leurs voitures ou leurs attelages; il ne prendra jamais dans sa main aucun desdits sujets sans son consentement.

V. Quand l'un de Nos courriers recevra une mission exceptionnellement urgente, l'Homme-Montagne sera tenu de le transporter dans sa poche avec sa monture. Ce service ne devra jamais lui prendre plus de six jours par lune.

---

1. Swift connaissait la traduction française des *Mille et Une Nuits* que Galland avait donnée en 1708. L'ouvrage avait eu immédiatement de très nombreux imitateurs.

and return the said messenger back (if so required) safe to our Imperial Presence.

6th, He shall be our ally against our enemies in the island of Blefuscu, and do his utmost to destroy their fleet, which is now preparing to invade us.

7th, That the said Man-Mountain shall, at his times of leisure, be aiding and assisting to our workmen, in helping to raise certain great stones, towards covering the wall of the principal park, and other our royal buildings.

8th, That the said Man-Mountain shall, in two moons' time, deliver in an exact survey of the circumference of our dominions by a computation of his own paces round the coast.

Lastly, That upon his solemn oath to observe all the above articles, the said Man-Mountain shall have a daily allowance of meat and drink sufficient for the support of 1728 of our subjects, with free access to our Royal Person, and other marks of our favour. Given at our palace at Belfaborac the twelfth day of the ninety-first moon of our reign.

1. *Blefuscu* : Comme cette île représente symboliquement la France, il est permis de voir dans son nom les trois mots français : *Blef-aux-culs,* « la paille au cul », *blef* étant une graphie du mot *blé*, et le peuple français apparaissant à l'époque aux Anglais comme une nation de paysans en sabots, de « culs-terreux ». Le royaume rival de Lilliput est en effet, par de très nombreux traits, celui de la France louis-quatorzième. La crainte d'un débarquement de la flotte française n'avait jamais cessé, à l'époque, de hanter les esprits

Si l'ordre lui en est donné, il devra ramener ledit courrier sain et sauf en Notre impériale présence.

VI. Il sera notre allié contre nos ennemis de l'île de Blefuscu[1], et fera tout son possible pour détruire la flotte qu'ils arment en ce moment pour envahir nos terres.

VII. Ledit Homme-Montagne, à ses heures de loisir, prêtera assistance aux ouvriers du Royaume, en les aidant à soulever et à poser les pierres faîtières sur le mur qui enclôt le Parc royal, et sur d'autres chantiers royaux.

VIII. Ledit Homme-Montagne devra, dans le délai de deux lunes, nous donner la mesure exacte du contour de Notre Empire, qu'il établira en longeant toute la côte de l'île et en comptant le nombre de ses pas.

IX et fin. Si l'Homme-Montagne jure solennellement d'observer tous et chacun des articles ci-dessus énoncés, il recevra chaque jour la ration alimentaire de mille sept cent vingt-huit de nos sujets, et jouira en outre d'un libre accès à Notre personne, ainsi que d'autres marques de Notre faveur. Donné en Notre Palais de Belfaborac[2] le douzième jour de la quatre-vingt-onzième lune de Notre règne.

---

anglais. Toutes les leçons de stratégie que Swift donne dans *La Conduite des Alliés* sont essentiellement navales. Il est à noter que c'est un amiral qu'il place à la tête des forces lilliputiennes.

2. *Belfaborac :* Les deux éléments se rencontrant en lilliputien, le premier *Blef-(uscu)* pour désigner le blé et le deuxième pour évoquer des beuveries (*borach*), l'ensemble pourrait servir à désigner le château à la campagne, parmi les champs de froment et les vignes, par opposition à la résidence citadine de Mildendo.

I swore and subscribed to these articles with great cheerfulness and content, although some of them were not so honourable as I could have wished; which proceeded wholly from the malice of Skyresh Bolgolam the High Admiral: whereupon my chains were immediately unlocked, and I was at full liberty; the Emperor himself in person did me the honour to be by at the whole ceremony. I made my acknowledgements by prostrating myself at his Majesty's feet: but he commanded me to rise; and after many gracious expressions, which, to avoid the censure of vanity, I shall not repeat, he added, that he hoped I should prove a useful servant, and well deserve all the favours he had already conferred upon me, or might do for the future. The reader may please to observe, that in the last article for the recovery of my liberty, the Emperor stipulates to allow me a quantity of meat and drink sufficient for the support of 1728 Lilliputians. Some time after, asking a friend at Court how they came to fix on that determinate number, he told me, that his Majesty's mathematicians, having taken the height of my body by the help of a quadrant, and finding it to exceed theirs in the proportion of twelve to one, they concluded from the similarity of their bodies, that mine must contain at least 1728 of theirs, and consequently would require as much food as was necessary to support that number of Lilliputians. By which, the reader may conceive an idea of the ingenuity of that people, as well as the prudent and exact economy of so great a prince.

Je signai cet acte, et prêtai serment avec grande joie, en dépit de certains articles qui me faisaient un peu déchoir, et que je devais à la seule malveillance du Grand Amiral Skyresh Bolgolam. On m'enleva aussitôt mes chaînes et je me retrouvai libre. L'Empereur m'avait fait l'honneur d'assister en personne à toute la cérémonie ; je lui témoignai ma reconnaissance en me prosternant à ses pieds ; mais il me fit relever et après des paroles que je ne répéterai pas, crainte de me voir taxé de vanité, il ajouta qu'il espérait que je me montrerais loyal sujet de son Royaume, et mériterais toutes les faveurs qu'il m'avait faites et se plairait à me faire dans l'avenir.

Le lecteur aura sans doute remarqué que le dernier article de l'acte qui mettait fin à ma captivité m'octroyait la ration alimentaire de mille sept cent vingt-huit [1] Lilliputiens. A quelque temps de là, je demandai à un courtisan de mes amis comment on avait pu donner un chiffre aussi précis, et il m'expliqua que les mathématiciens de Sa Majesté avaient pris ma hauteur à l'aide d'un sextant, puis, ayant établi qu'elle était par rapport à la leur ce que douze est à un, ils avaient calculé, d'après la similitude de nos corps, que ma contenance était au moins mille sept cent vingt-huit fois supérieure à la leur, et que par conséquent il me fallait la ration d'un nombre égal de Lilliputiens. Par quoi le lecteur pourra juger de l'intelligence de ce peuple, ainsi que de l'économie sage et éclairée de leur Prince si éminent.

1. Soit le cube de 12.

CHAPTER IV

Mildendo, the metropolis of Lilliput, described, together with the Emperor's palace. A conversation between the author and a principal Secretary, concerning the affairs of that Empire; the author's offers to serve the Emperor in his wars.

The first request I made after I had obtained my liberty, was, that I might have licence to see Mildendo the metropolis; which the Emperor easily granted me, but with a special charge to do no hurt, either to the inhabitants, or their houses. The people had notice by proclamation of my design to visit the town. The wall which encompassed it is two foot and an half high, and at least eleven inches broad, so that a coach and horses may be driven very safely round it; and it is flanked with strong towers at ten foot distance. I stepped over the great western gate, and passed very gently and sideling through the two principal streets, only in my short waistcoat, for fear of damaging the roofs and eaves of the houses with the skirts of my coat. I walked with the utmost circumspection, to avoid treading on any stragglers, who might remain in the streets, although the orders were very strict, that all people should keep in their houses, at their own peril.

CHAPITRE IV

Description de Mildendo, capitale de Lilliput, ainsi que du Palais de l'Empereur. — Conversation entre l'auteur et un Conseiller sur les affaires de l'Empire. — L'auteur offre ses services à l'Empereur dans les guerres à venir.

La première faveur que je sollicitai de l'Empereur après ma mise en liberté fut de pouvoir visiter Mildendo [1], la capitale, ce qu'il m'accorda volontiers, mais en me recommandant spécialement de ne causer aucun dommage aux maisons ni à leurs habitants. Mon projet fut notifié au peuple par proclamation. La cité était entourée d'un mur de deux pieds et demi de hauteur, et qui avait bien onze pouces d'épaisseur — ce qui permet à une voiture attelée d'y circuler en toute sécurité ; tous les dix pieds, cette muraille est flanquée de fortes tours. J'enjambai la Grande Porte de l'Ouest, et, marchant de côté, m'avançai lentement dans les deux rues principales. J'étais vêtu de mon gilet, car je craignais d'endommager les toits ou les gouttières avec les pans de ma veste. Je marchais avec une extrême prudence, de peur d'écraser quelque retardataire qui se trouverait encore dans les rues, en dépit des ordres formels enjoignant à chacun de rester chez soi, car il y avait danger de mort.

1. *Mildendo :* Composé du grec ἔνδον, « dedans », précédé du latin *mil,* combiné au chiffre romain D, qui représente cinq cents. La ville en effet « peut abriter cinq cent mille âmes ». Cf. page suivante.

The garret windows and tops of houses were so crowded with spectators, that I thought in all my travels I had not seen a more populous place. The city is an exact square, each side of the wall being five hundred foot long. The two great streets, which run cross and divide it into four quarters, are five foot wide. The lanes and alleys, which I could not enter, but only viewed them as I passed, are from twelve to eighteen inches. The town is capable of holding five hundred thousand souls. The houses are from three to five stories. The shops and markets well provided.

The Emperor's palace is in the centre of the city, where the two great streets meet. It is enclosed by a wall of two foot high, and twenty foot distant from the buildings. I had his Majesty's permission to step over this wall; and the space being so wide between that and the palace, I could easily view it on every side. The outward court is a square of forty foot, and includes two other courts : in the inmost are the royal apartments, which I was very desirous to see, but found it extremely difficult; for the great gates, from one square into another, were but eighteen inches high, and seven inches wide. Now the buildings of the outer court were at least five foot high,

Une telle foule de spectateurs se pressaient aux fenêtres des mansardes, et même sur les toits, qu'il me sembla que jamais au cours de mes voyages je n'avais vu cité si populeuse. La ville a la forme d'un carré et chaque côté de la muraille a cinq cents pieds de long. Les deux artères principales se coupent à angle droit, divisant la ville en quatre quartiers ; elles ont cinq pieds de large, mais les autres rues et les ruelles que je vis en passant, sans pouvoir y pénétrer, n'ont que douze à dix-huit pouces. La ville peut abriter cinq cent mille âmes, les maisons ont de trois à cinq étages, les marchés et les boutiques paraissent bien fournis.

Le Palais de l'Empereur s'élève au centre de la ville, à la croisée des deux artères principales. Il est entouré d'un mur haut de deux pieds et situé à vingt pieds de distance des bâtiments. Sa Majesté m'avait accordé la permission d'enjamber ce mur, et grâce à tout cet espace libre j'eus une bonne vue d'ensemble de l'extérieur du Palais : la cour d'entrée est un carré de quarante pieds de côté, avec, en son centre, des bâtiments qui délimitent la deuxième cour. Au centre de celle-ci se trouve un second corps de bâtiments, avec sa cour intérieure. C'est précisément sur la cour intérieure que donnaient les appartements royaux que je souhaitais tant connaître. Mais je me trouvais devant de grandes difficultés, car les portails qui permettaient de passer d'une cour à l'autre n'avaient que dix-huit pouce de haut et sept de large ; et comme les bâtiments entre la première et la deuxième cour n'avaient pas moins de sept pieds de haut,

and it was impossible for me to stride over them, without infinite damage to the pile, though the walls were strongly built of hewn stone, and four inches thick. At the same time the Emperor had a great desire that I should see the magnificence of his palace; but this I was not able to do till three days after, which I spent in cutting down with my knife some of the largest trees in the royal park, about an hundred yards distant from the city. Of these trees I made two stools, each about three foot high, and strong enough to bear my weight. The people having received notice a second time, I went again throught the city to the palace, with my two stools in my hands. When I came to the side of the outer court, I stood upon one stool, and took the other in my hand : this I lifted over the roof, and gently set it down on the space between the first and second court, which was eight foot wide. I then stepped over the buildings very conveniently from one stool to the other, and drew up the first after me with a hooked stick. By this contrivance I got into the inmost court; and lying down upon my side, I applied my face to the windows of the middle stories, which were left open on purpose, and discovered the most splendid apartments that can be imagined. There I saw the Empress, and the young Princes in their several lodgings, with their chief attendants about them. Her Imperial Majesty was pleased to smile very graciously upon me, and gave me out of the window her hand to kiss.

jamais je n'aurais pu passer par-dessus sans ébranler la masse de l'édifice, bien que les murs fussent solidement bâtis en pierres de taille et épais de quatre pouces. L'Empereur, néanmoins, désirait fort me faire admirer la magnificence de son Palais. Il me fallut trois jours de travail pour y parvenir : je coupai avec mon canif les plus grands arbres du Parc royal (à quelque cinquante toises de la ville), pour fabriquer deux tabourets hauts de trois pieds, et assez solides pour soutenir le poids de mon corps. On avertit donc encore une fois la population, et je retraversai la ville jusqu'au Palais portant avec moi mes deux tabourets. Parvenu dans la cour d'entrée, je montai sur l'un d'eux et fis doucement passer l'autre par-dessus les toits pour le poser dans l'espace intermédiaire de la deuxième cour qui avait huit pieds de large — je pus alors facilement passer d'un tabouret à l'autre par-dessus l'édifice, puis ramener à moi le premier à l'aide d'un bâton crochu. La même manœuvre me permit d'arriver à la cour intérieure. Là, me couchant sur le côté, j'avais mon visage à la hauteur des deuxième et troisième étages, dont on avait ouvert à dessein toutes les fenêtres. Je découvris à l'intérieur les appartements les plus somptueux qu'on puisse imaginer et je vis aussi l'Impératrice et les jeunes Princes dans leurs divers quartiers, entourés de toute leur Maison. Sa Majesté Impériale voulut bien m'honorer d'un gracieux sourire, et me donna par la fenêtre sa main à baiser.

But I shall not anticipate the reader with farther descriptions of this kind, because I reserve them for a greater work, which is now almost ready for the press, containing a general description of this Empire, from its first erection, through a long series of princes, with a particular account of their wars and politics, laws, learning, and religion; their plants and animals, their peculiar manners and customs, with other matters very curious and useful; my chief design at present being only to relate such events and transactions as happened to the public, or to myself, during a residence of about nine months in that Empire.

One morning, about a fortnight after I had obtained my liberty, Reldresal, Principal Secretary (as they style him) of Private Affairs, came to my house, attended only by one servant. He ordered his coach to wait at a distance, and desired I would give him an hour's audience; which I readily consented to, on account of his quality, and personal merits, as well as of the many good offices he had done me during my solicitations at Court. I offered to lie down, that he might the more conveniently reach my ear; but he chose rather to let me hold him in my hand during our conversation. He began with compliments on my liberty, said he might pretend to some merit in it; but, however, added, that if it had not been for the present situation of things at Court, perhaps I might not have obtained it so soon.

Je ne veux pas entrer plus avant dans des descriptions de ce genre, car je réserve tous ces détails pour un plus grand ouvrage, qui n'est pas loin d'être mis sous presse, et qui comportera une description générale de cet Empire depuis sa fondation, avec l'histoire de la longue succession de ses Princes, leurs guerres et leur politique, ainsi qu'une étude des lois, de la science, et de la religion de ce pays, enfin la faune et la flore, les us et coutumes des habitants, et d'autres matières fort curieuses et instructives. Mon dessein ici se borne à rapporter fidèlement ce qui m'arriva à moi et aux Lilliputiens pendant mon séjour de neuf mois parmi eux.

Un matin, quinze jours environ après ma mise en liberté, Reldresal[1], Premier Conseiller aux Affaires privées (c'est son titre officiel), vint me voir chez moi, suivi d'un seul domestique. Il fit stationner son carrosse à quelque distance de là, et me demanda une heure d'entretien. Je l'accordai bien volontiers, tant par égard pour son rang et son mérite personnel, qu'en raison des services qu'il m'avait rendus lors de mes démarches à la Cour. Je proposai de m'étendre par terre, pour qu'il se trouvât plus près de mon oreille, mais il préféra que je le tinsse dans ma main pendant toute notre conversation. Il commença par me faire compliment de ma mise en liberté, se flattant, disait-il, d'y avoir quelque peu contribué. Cependant il ajoutait que j'aurais, sans aucun doute, eu plus de mal à l'obtenir, n'eût été la situation actuelle à la Cour.

1. Cette attitude amicale du personnage lilliputien est un argument de plus en faveur de l'identification du Grand Chambellan avec lord Carteret, qui fut le protecteur de Swift en Irlande.

For, *said he*, as flourishing a condition as we appear to be in to foreigners, we labour under two mighty evils; a violent faction at home, and the danger of an invasion by a most potent enemy from abroad. As to the first, you are to understand, that for above seventy moons past, there have been two struggling parties in this Empire, under the names of *Tramecksan* and *Slamecksan,* from the high and low heels on their shoes, by which they distinguish themselves. It is alleged indeed, that the high heels are most agreeable to our ancient constitution : but however this be, his Majesty hath determined to make use of only low heels in the administration of the government, and all offices in the gift of the Crown, as you cannot but observe; and particulaly, that his Majesty's imperial heels are lower at least by a *drurr* than any of his Court (*drurr* is a measure about the fourteenth part of an inch).

1. Cette indication, si l'on admet que ce passage a été écrit vers les années 1720 ou 1721, nous ramènerait à la période de la mort de la reine Anne (1714) et de l'arrivée au pouvoir des whigs, appuyés par le roi hanovrien George Iᵉʳ.

2. *Tramecksan :* Talons hauts (traduction de Swift). La syllabe *Tram* reprend le latin *trans* dans le sens de « supérieur » que le mot a gardé dans le français *très*.

Slamecksan : Talon bas (traduction de Swift). Les deux dernières syllabes semblent une contraction du mot *ecclesiam,* qui s'explique par le contexte; celui-ci fait allusion à la querelle de la Haute et de la Basse Église. La première syllabe, qui a toutes les consonnes de *slim,*

Car, me disait-il, si florissant que semble notre État, aux yeux d'un étranger, nous n'en souffrons pas moins de deux grands maux : une violente lutte de partis à l'intérieur, et, au-dehors, une menace d'invasion que fait peser sur nous un ennemi extrêmement puissant. En ce qui concerne le premier, sachez que, depuis plus de soixante-dix lunes [1], il y a dans notre Empire une lutte constante entre les deux partis nommés les *Tramecksans* et les *Slamecksans* [2], d'après les talons de leurs chaussures, qu'ils portent hauts ou bas pour se distinguer. On prétend, il est vrai, que les Hauts-Talons seraient plus dans la ligne de notre ancienne Constitution, mais quoi qu'il en soit, Sa Majesté a pris la décision de ne nommer que des Bas-Talons au gouvernement [3], et à toutes les charges qui dépendent directement de la Couronne, ce que vous n'avez pas manqué de remarquer vous-même. Vous avez sûrement noté aussi que les talons impériaux de Sa Majesté ont un bon *drurr* [4] de moins que tous ceux de la Cour (le *drurr* vaut environ la quatorzième partie d'un pouce).

« mince », et de *slum*, « misère », désigne la Basse Église, par opposition à *Tram*.

La division de l'Église anglicane en Haute Église et Basse Église se retrouve sur le plan politique : le parti tory, favorisant la première, et les whigs, la seconde. Swift, dans ses autres écrits, emploie indifféremment les termes religieux et le terme politique pour désigner la même entité.

3. George Ier eut toujours une préférence marquée pour les whigs et les garda au pouvoir pendant toute la durée de son règne.

4. *Drurr* : Mesure de longueur. C'est le mot espagnol *duro* avec des *r* de saupoudrage. La mesure correspond à l'épaisseur d'une pièce d'argent.

The animosities between these two parties run so high, that they will neither eat nor drink, nor talk with each other. We compute the *Tramecksan*, or High-Heels, to exceed us in number; but the power is wholly on our side. We apprehend his Imperial Highness, the heir to the Crown, to have some tendency towards the High-Heels; at least we can plainly discover one of his heels higher than the other, which gives him a hobble in his gait. Now, in the midst of these intestine disquiets, we are threatened with an invasion from the island of Blefuscu, which is the other great Empire of the universe, almost as large and powerful as this of his Majesty. For as to what we have heard you affirm, that there are other kingdoms and states in the world, inhabited by human creatures as large as yourself, our philosophers are in much doubt, and would rather conjecture that you dropped from the moon, or one of the stars; because it is certain, that an hundred mortals of your bulk would, in a short time, destroy all the fruits and cattle of his Majesty's dominions. Besides, our histories of six thousand moons make no mention of any other regions, than the two great Empires of Lilliput and Blefuscu.

1. L'héritier de la Couronne d'Angleterre, celui qui allait être bientôt le roi George II (1727-1760), vivait plutôt en mauvais termes avec son père, et donnait l'impression d'être un ami des tories, qui mettaient toute leur confiance en lui. Leurs espoirs d'ailleurs furent déçus, car George II sous l'influence de sa femme Caroline « oublia les promesses du prince de Galles » et garda les whigs au pouvoir (Walpole garda la charge des affaires jusqu'en 1742).

La haine partisane est si vive que ni pour boire, ni pour manger, ni même pour se parler, on ne saurait frayer ensemble. Nous pensons que les Tramecksans ou Hauts-Talons nous dépassent en nombre, mais le pouvoir est entièrement entre nos mains. Hélas ! nous craignons fort que Son Altesse Impériale, le Prince héritier de la Couronne [1], n'ait des sympathies pour les Hauts-Talons ; en effet, c'est un fait notoire qu'il a un talon nettement plus haut que l'autre, ce qui le fait boiter en marchant. Eh bien, au milieu de ces dissensions intestines, nous voilà menacés d'invasion par nos ennemis de l'île de Blefuscu, qui est l'autre Empire de l'Univers, presque aussi vaste et puissant que le Royaume de Sa Majesté. Car pour ce qui est des affirmations que vous avez faites touchant l'existence sur la terre d'autres États ou Royaumes, habités par des humains de votre taille, nos philosophes les mettent sérieusement en doute [2] : ils croiraient plus volontiers que vous êtes tombé de la lune ou de quelque étoile, car il est incontestable qu'une centaine d'êtres semblables à vous aurait en très peu de temps dévoré tout le bétail et toutes les récoltes de notre Empire. De plus, nos annales, qui portent sur plus de six mille lunes, ne parlent jamais d'aucun autre pays au monde que des deux grands Empires de Lilliput [3] et de Blefuscu...

2. Le scepticisme des Lilliputiens quant à l'existence d'êtres différents d'eux-mêmes n'est pas un trait original, mais se retrouve dans tous les récits de voyages imaginaires.

3. *Lilliput :* Nom du Royaume des Nains. Le premier élément vient de l'anglais *little*, « petit », et le deuxième du latin *putus,* « gamin » et aussi « bonhomme ». Il ne paraît pas avoir le sens péjoratif qu'il a pris dans les langues romanes.

Which two mighty powers have, as I was going to tell you, been engaged in a most obstinate war for six and thirty moons past. It began upon the following occasion. It is allowed on all hands, that the primitive way of breaking eggs before we eat them, was upon the larger end; but his present Majesty's grandfather, while he was a boy, going to eat an egg, and breaking it according to the ancient practice, happened to cut one of his fingers. Whereupon the Emperor his father published an edict, commanding all his subjects, upon great penalties, to break the smaller end of their eggs. The people so highly resented this law, that our Histories tell us there have been six rebellions raised on that account; wherein one Emperor lost his life, and another his crown. These civil commotions were constantly fomented by the monarchs of Blefuscu; and when they were quelled, the exiles always fled for refuge to that Empire. It is computed, that eleven thousand persons have, at several times, suffered death, rather than submit to break their eggs at the smaller end. Many hundred large volumes have been published upon this controversy :

1. Il est traditionnel de voir dans les Gros-Boutiens les catholiques et dans les Petits-Boutiens les protestants. Mais l'histoire, telle qu'elle est racontée ici, n'est qu'un rappel assez lointain des luttes religieuses qui se déroulèrent entre Anglais, et aussi entre la France et l'Angleterre. Swift en tout cas prend soin de ne pas préciser si ce furent des empereurs ou non qui perdirent l'un la vie, l'autre le trône dans les guerres civiles lilliputiennes. Car, justement, les deux rois

J'en reviens donc à ce que j'allais vous dire : ces deux formidables puissances se trouvent engagées depuis trente-six lunes dans une guerre à mort, et voici quelle en fut l'occasion. Chacun sait qu'à l'origine, pour manger un œuf à la coque, on le cassait par le gros bout. Or, il advint que l'aïeul de notre Empereur actuel, étant enfant, voulut manger un œuf en le cassant de la façon traditionnelle, et se fit une entaille au doigt. Sur quoi l'Empereur son père publia un édit ordonnant à tous ses sujets, sous peine des sanctions les plus graves, de casser leurs œufs par le petit bout. Cette loi fut si impopulaire, disent nos annales, qu'elle provoqua six révoltes, dans lesquelles un de nos Empereurs perdit la vie, un autre sa Couronne[1]. Ces soulèvements avaient chaque fois l'appui des souverains de Blefuscu et, lorsqu'ils étaient écrasés, les exilés trouvaient toujours un refuge dans ce Royaume[2]. On estime à onze mille au total le nombre de ceux qui ont préféré mourir plutôt que de céder et de casser leurs œufs par le petit bout. On a publié sur cette question controversée plusieurs centaines de gros volumes ;

d'Angleterre à qui il semble faire allusion se voyaient reprocher leur conservatisme religieux. Le premier, Charles Ier, s'opposait aux dissidents presbytériens, et le second, Jacques II, était catholique.

2. Nous retrouvons ici un problème qui a toujours préoccupé Swift : celui du départ des Irlandais catholiques pour les armées du Prétendant. On y trouve de nombreuses allusions dans les tracts politiques, en particulier dans la *Modeste Proposition*.

but the books of the Big-Endians have been long forbidden, and the whole party rendered incapable by law of holding employments. During the course of these troubles, the Emperors of Blefuscu did frequently expostulate by their ambassadors, accusing us of making a schism in religion, by offending against a fundamental doctrine of our great prophet Lustrog, in the fiftyfourth chapter of the *Brundecral* (which is their Alcoran). This, however, is thought to be a mere strain upon the text : for the words are these ; *That all true believers shall break their eggs at the convenient end :* and which is the convenient end, seems, in my humble opinion, to be left to every man's conscience, or at least in the power of the chief magistrate to determine. Now the Big-Endian exiles have found so much credit in the Emperor of Blefuscu's Court, and so much private assistance and encouragement from their party here at home, that a bloody war hath been carried on between the two Empires for six and thirty moons with various success ; during which time we have lost forty capital ships, and a much greater number of smaller vessels, together with thirty thousand of our best seamen and soldiers ;

1. Ce nouveau détail, joint aux idées exprimées dans tout le paragraphe, prouve que l'assimilation pure et simple des Gros-Boutiens aux catholiques et des Petits-Boutiens aux protestants a besoin d'être nuancée. Car si tous les catholiques étaient tenus éloignés des fonctions publiques depuis le *Test Act* (sous le règne de Charles II), 1673, il existait aussi depuis 1711 le « *bill* contre le conformisme occasionnel » qui frappait du même interdit les protestants non conformistes.

2. *Lustrog :* Le prophète de Lilliput et de Blefuscu. Anagramme de *gros Lut(her)*. L'allusion au théologien allemand, qui était en effet obèse, ressort clairement du contexte consacré au schisme et à

mais les livres des Gros-Boutiens sont depuis longtemps interdits et les membres de la secte écartés par une loi de tous les emplois publics [1]. Au cours de ces troubles, les Empereurs de Blefuscu nous ont, à maintes reprises, fait des remontrances par leurs ambassadeurs, nous accusant d'avoir provoqué un schisme religieux et d'être en désaccord avec les enseignements que notre grand prophète Lustrog [2] donne au chapitre cinquante-quatre du Brundecral [3] (c'est le nom de leur Coran). Cela s'appelle, bien sûr, solliciter les textes. Voici la citation : « Tous les vrais fidèles casseront leurs œufs par le bout le plus commode. » Quel est le plus commode ? On doit, à mon humble avis, laisser à chacun le soin d'en décider selon sa conscience ou s'en remettre alors à l'autorité du premier magistrat. Or les Gros-Boutiens exilés ont trouvé tant de crédit à la Cour de l'Empereur de Blefuscu et chez nous tant d'aide et d'encouragements secrets que depuis trente-six lunes [4], une guerre sanglante met aux prises les deux Empires, avec des fortunes très diverses ; elle nous a coûté, jusqu'à présent, la perte de quarante vaisseaux de ligne, d'une quantité bien plus importante d'autres navires, ainsi que de trente mille de nos meilleurs matelots et soldats,

l'hérésie, ainsi que du nom de son traité le *Brundecral* (cf. note suivante).

3. *Brundecral :* Livre sacré (traduction de Swift). *Recal,* qui se retrouve facilement sous la forme anagrammatique *ecral,* est très exactement l'anglais *recall,* « rappel ». *Brund* est l'allemand *Bund* (surconsonantisé) qui désigne les deux testaments de la Bible. « Rappel de la Bible », bonne définition de la doctrine de Luther.

4. Si l'on donne à *lune* le sens de mois, il s'agit d'une guerre de trois ans. Mais l'expression « trente-six lunes » est peut-être tout simplement synonyme de : « une éternité ».

and the damage received by the enemy is reckoned to be somewhat greater than ours. However, they have now equipped a numerous fleet, and are just preparing to make a descent upon us; and his Imperial Majesty, placing great confidence in your valour and strength, hath commanded me to lay this account of his affairs before you.

I desired the Secretary to present my humble duty to the Emperor, and to let him know, that I thought it would not become me, who was a foreigner, to interfere with parties; but I was ready, with the hazard of my life, to defend his person and state against all invaders.

CHAPTER V

The author by an extraordinary stratagem prevents an invasion. A high title of honour is conferred upon him. Ambassadors arrive from the Emperor of Blefuscu, and sue for peace. The Empress's apartment on fire by an accident; the author instrumental in saving the rest of the palace.

The Empire of Blefuscu is an island situated to the north-north-east side of Lilliput, from whence it is parted only by a channel of eight hundred yards wide. I had not yet seen it, and upon this notice of an intended invasion, I avoided appearing on that side of the coast, for fear of being discovered by some of the enemy's ships,

et l'on estime que les pertes de l'ennemi sont encore plus considérables. Il vient cependant d'armer une flotte redoutable et s'apprête à débarquer sur nos côtes. Sa Majesté Impériale m'a chargé de vous donner cet aperçu de la situation présente, car elle met toute sa confiance en votre force et votre courage.

Je priai le Conseiller de présenter à l'Empereur mes humbles respects, et de lui faire savoir que s'il n'était pas dans mon rôle, semblait-il, puisque j'étais étranger, d'intervenir dans une querelle de partis, j'étais prêt en revanche, au péril de ma vie, à défendre contre tout agresseur sa personne et son Empire.

CHAPITRE V

L'auteur, par un extraordinaire stratagème, sauve le pays d'une invasion. — Arrivée des ambassadeurs de Blefuscu, qui demandent la paix. — Le feu prend aux appartements de l'Impératrice. — L'auteur contribue à sauver le reste du Palais.

L'empire de Blefuscu est une île située au nord-est de Lilliput, dont elle n'est séparée que par un bras de mer large de huit cents yards. Je ne l'avais pas encore vu, et lorsqu'on m'eut parlé de ces menaces d'invasion, j'évitais de me montrer sur la côte lui faisant face pour qu'aucun navire n'allât révéler ma présence à l'ennemi.

who had received no intelligence of me, all intercourse between the two Empires having been strictly forbidden during the war, upon pain of death, and an embargo laid by our Emperor upon all vessels whatsoever. I communicated to his Majesty a project I had formed of seizing the enemy's whole fleet; which, as our scouts assured us, lay at anchor in the harbour ready to sail with the first fair wind. I consulted the most experienced seamen upon the depth of the channel, which they had often plumbed, who told me, that in the middle at high water it was seventy *glumgluffs* deep, which is about six foot of European measure; and the rest of it fifty *glumgluffs* at most. I walked to the nord-east coast over against Blefuscu; where, lying down behind a hillock, I took out my small pocket perspective-glass, and viewed the enemy's fleet at anchor, consisting of about fifty men-of-war, and a great number of transports : I then came back to my house, and gave order (for which I had a warrant) for a great quantity of the strongest cable and bars of iron. The cable was about as thick as packthread, and the bars of the length and size of a knitting-needle. I trebled the cable to make it stronger, and for the same reason I twisted three of the iron bars together, bending the extremities into a hook.

Celui-ci l'ignorait, car depuis la guerre toutes les communications étaient interdites sous peine de mort, d'un Empire à l'autre, et l'embargo mis par l'Empereur sur tout navire quel qu'il soit. Je fis part à Sa Majesté d'un plan que j'avais imaginé pour m'emparer de toute la flotte ennemie, laquelle, affirmaient nos espions, était ancrée dans le port, prête à faire voile vers nous au premier vent favorable. Je me renseignai sur la profondeur de ce canal auprès des marins les plus expérimentés, et qui avaient fait de nombreux sondages; ils me dirent qu'on trouvait, au milieu et à marée haute, des fonds de soixante-dix *glumgluffs* [1] (c'est-à-dire environ six pieds, mesure d'Europe). Nulle part ailleurs, on n'avait plus de cinquante *glumgluffs* de fond. J'allai donc vers la côte nord-est, celle qui fait face à Blefuscu, et là, à plat ventre derrière une colline, je tirai ma petite lunette d'approche pour examiner la flotte ennemie. Elle était forte de cinquante vaisseaux de guerre, et de nombreux navires de transport. Je rentrai alors chez moi et je donnai des ordres (ce droit m'était reconnu) pour qu'on m'apportât en quantité des câbles très forts et des barres de fer. Le câble n'était qu'une mince ficelle, et les barres avaient la longueur et l'épaisseur des aiguilles à tricoter de chez nous. Je triplai le câble pour le rendre plus résistant, et de même, je fis tenir ensemble, en les tordant, trois barres de fer à la fois. Puis je les courbai, leur donnant la forme d'un crochet.

---

1. *Glumgluff* : Unité de mesure (traduction de Swift). Comme elle est utilisée pour mesurer une profondeur, on peut voir dans la dernière syllabe l'anglais *gulf* ou le français *gouffre*.

Having thus fixed fifty hooks to as many cables, I went back to the north-east coast, and putting off my coat, shoes, and stockings, walked into the sea in my leathern jerkin, about half an hour before high water. I waded with what haste I could, and swam in the middle about thirty yards till I felt ground; I arrived at the fleet in less than half an hour. The enemy was so frighted when they saw me, that they leaped out of their ships, and swam to shore, where there could not be fewer than thirty thousand souls. I then took my tackling, and fastening a hook to the hole at the prow of each, I tied all the cords together at the end. While I was thus employed, the enemy discharged several thousand arrows, many of which stuck in my hands and face; and besides the excessive smart, gave me much disturbance in my work. My greatest apprehension was for mine eyes, which I should have infallibly lost, if I had not suddenly thought of an expedient. I kept among other little necessaries a pair of spectacles in a private pocket, which, as I observed before, had scaped the Emperor's searchers. These I took out and fastened as strongly as I could upon my nose, and thus armed went on boldly with my work in spite of the enemy's arrows, many of which struck against the glasses of my spectacles, but without any other effect, further than a little to discompose them.

Quand j'eus cinquante crochets, je leur mis à chacun un câble, puis je retournai à la côte nord-est, j'ôtai mon habit, mes souliers et mes bas, ne gardant que mon justaucorps de cuir ; je m'avançai alors dans la mer, une demi-heure environ avant la marée haute. Je marchais aussi vite que je pouvais, et ne me mis à la nage que vers le milieu ; après trente mètres, je repris pied et en moins d'une demi-heure j'avais atteint la flotte. Les ennemis furent pris à ma vue d'une telle frayeur qu'ils sautèrent tous à l'eau et nagèrent vers le rivage, où il s'en rassembla bien trente mille. Je pris alors mon attirail et fixai chaque crochet à la proue d'un navire, où il y a toujours un trou ; puis je réunis tous les câbles ensemble en un seul gros nœud. Tout le temps que dura cette opération, l'ennemi me cribla de milliers de flèches, dont beaucoup se fichèrent dans mes mains et mon visage, ce qui non seulement me causait une très vive douleur, mais me gênait terriblement dans mon travail. Je craignais surtout pour mes yeux, que j'aurais perdus sans aucun doute si je ne m'étais soudain avisé d'un expédient : entre autres affaires personnelles, j'avais dans ma poche secrète une paire de lunettes, qui avait échappé à la fouille des fonctionnaires, ainsi que je l'ai narré plus haut. Je les tirai et les fixai sur mon nez du mieux que je pus ; après quoi, ainsi protégé, je me remis à l'œuvre en dépit des flèches ennemies, dont beaucoup frappaient contre les verres de mes lunettes, sans autre effet que de les ébranler un peu.

I had now fastened all the hooks, and taking the knot in my hand, began to pull; but not a ship would stir, for they were all too fast held by their anchors, so that the boldest part of my enterprise remained. I therefore let go the cord, and leaving the hooks fixed to the ships, I resolutely cut with my knife the cables that fastened the anchors, receiving above two hundred shots in my face and hands; then I took up the knotted end of the cables to which my hooks were tied, and with great ease drew fifty of the enemy's largest men-of-war after me.

The Blefuscudians, who had not the least imagination of what I intended, were at first confounded with astonishment. They had seen me cut the cables, and thought my design was only to let the ships run adrift, or fall foul on each other : but when they perceived the whole fleet moving in order, and saw me pulling at the end, they set up such a scream of grief and despair, that it is almost impossible to describe or conceive. When I had got out of danger, I stopped a while to pick out the arrows that stuck in my hands and face, and rubbed on some of the same ointment that was given me at my first arrival, as I have formerly mentioned. I then took off my spectacles, and waiting about an hour till the tide was a little fallen, I waded through the middle with my cargo, and arrived safe at the royal port of Lilliput.

J'avais maintenant fixé mon dernier crochet. Saisissant d'une main le nœud de cordes, je tirai le tout vers moi — mais pas un vaisseau ne bougea, car ils étaient tous solidement retenus par leurs ancres. Le plus hasardeux me restait à faire : lâchant les cordes, mais laissant en place les crochets, je coupai résolument toutes les amarres à l'aide de mon canif, ce qui me valut plus de deux cents flèches dans les mains et le visage. Après quoi je repris tous mes câbles et, le plus aisément du monde, je me mis à remorquer cinquante des plus grands vaisseaux ennemis.

Les Blefuscudiens, qui n'avaient rien deviné de mes projets, restèrent tout d'abord stupéfaits, et comme paralysés par la surprise. Ils m'avaient vu couper les amarres, et m'avaient prêté l'intention de laisser leurs navires s'en aller à la dérive, ou de s'aborder entre eux. Mais lorsqu'ils virent la flotte tout entière s'éloigner en ordre derrière moi, ils poussèrent un cri de détresse et de désespoir, presque impossible à imaginer ou à décrire. Lorsque je fus hors de danger, je m'arrêtai un peu pour enlever toutes les flèches fichées dans mon visage et dans mes mains et m'enduire de cette pommade que l'on m'avait appliquée peu après mon arrivée, comme je l'ai conté plus haut. Je retirai aussi mes lunettes, et attendis une heure environ, que la marée ait baissé, puis je me mis en marche avec ma prise et arrivai sans encombre au port royal de Lilliput.

The Emperor and his whole Court stood on the shore expecting the issue of this great adventure. They saw the ships move forward in a large half-moon, but could not discern me, who was up to my breast in water. When I advanced to the middle of the channel, they were yet more in pain, because I was under water to my neck. The Emperor concluded me to be drowned, and that the enemy's fleet was approaching in a hostile manner : but he was soon eased of his fears, for the channel growing shallower every step I made, I came in a short time within hearing, and holding up the end of the cable by which the fleet was fastened, I cried in a loud voice, *Long live the most puissant Emperor of Lilliput!* This great prince received me at my landing with all possible encomiums, and created me a *Nardac* upon the spot, which is the highest title of honour among them.

His Majesty desired I would take some other opportunity of bringing all the rest of his enemy's ships into his ports. And so unmeasureable is the ambition of princes, that he seemed to think of nothing less than reducing the whole Empire of Blefuscu into a province, and governing it by a Viceroy ; of destroying the Big-Endian exiles, and compelling that people to break the smaller end of their eggs, by which he would remain sole monarch of the whole world. But I endeavoured to divert him from this design, by many arguments drawn from the topics of policy as well as justice :

L'Empereur et toute sa Cour attendaient sur le rivage l'issue de cette grande aventure. Ils virent les navires qui s'avançaient, déployés en demi-cercle, mais ils ne pouvaient me voir, car j'étais dans l'eau jusqu'à la poitrine. Quand j'eus atteint le milieu du bras de mer ils s'inquiétèrent davantage encore, car l'eau atteignait alors mon cou. L'Empereur finit par croire que je m'étais noyé et que la flotte adverse avait pris l'offensive. Mais il fut bientôt rassuré, car le fond remontait à chacun de mes pas et dès que je fus à portée de voix, levant en l'air les câbles qui tiraient les navires, je criai très haut : « Longue vie au très puissant Empereur de Lilliput. » Ce grand Prince m'accueillit sur le rivage avec toutes les louanges imaginables, et me conféra à l'instant même la dignité de *Nardac* [1] — qui est leur plus haut titre de noblesse.

Sa Majesté désirait me voir faire une deuxième tentative et ramener dans ses ports le reste de la flotte ennemie. Si démesurée est l'ambition des Princes qu'il ne projetait rien de moins que de réduire tout l'Empire de Blefuscu à l'état de province lilliputienne, d'y nommer un Vice-Roi, d'anéantir les exilés gros-boutiens, et de forcer les Blefuscudiens à casser leurs œufs par le petit bout. Ainsi donc il obtiendrait la Royauté universelle. Mais je m'efforçai de le détourner d'un tel projet, en faisant appel à de multiples arguments tirés de considérations générales touchant la politique et la justice,

1. *Nardac :* C'est l'anagramme du français *canard,* par jeu de mots entre le français *duc* et l'anglais *duck.*

and I plainly protested, that I would never be an instrument of bringing a free and brave people into slavery. And when the matter was debated in Council, the wisest part of the Ministry were of my opinion.

This open bold declaration of mine was so opposite to the schemes and politics of his Imperial Majesty, that he could never forgive me; he mentioned it in a very artful manner at Council, where I was told that some of the wisest appeared, at least, by their silence, to be of my opinion; but others, who were my secret enemies, could not forbear some expressions, which by a side-wind reflected on me. And from this time began an intrigue between his Majesty and a junto of Ministers maliciously bent against me, which broke out in less than two months, and had like to have ended in my utter destruction. Of so little weight are the greatest services to princes, when put into the balance with a refusal to gratify their passions.

About three weeks after this exploit, there arrived a solemn embassy from Blefuscu, with humble offers of a peace; which was soon concluded upon conditions very advantageous to our Emperor, wherewith I shall not trouble the reader. There were six ambassadors, with a train of about five hundred persons, and their entry was very magnificent, suitable to the grandeur of their master, and the importance of their business.

et je l'avertis tout net de ne pas compter sur moi pour réduire en esclavage un peuple libre et courageux [1] : je n'y consentirais jamais. Et quand ce problème fut abordé au Grand Conseil, les Ministres les plus sensés furent de mon opinion.

Cette prise de position franche et hardie contraria tellement les projets et la politique de l'Empereur qu'il ne me la pardonna jamais ; il en parla en des termes perfides devant le Conseil où, me dit-on, certains Ministres des plus sensés firent voir, du moins par leur silence, qu'ils étaient de mon avis. Mais d'autres, qui m'étaient secrètement hostiles, ne laissèrent pas d'employer certaines expressions qui, indirectement, me portèrent tort. De ce jour commença à s'ourdir entre Sa Majesté et une camarilla de Ministres coalisés contre moi une intrigue qui se dénoua moins de deux mois plus tard, et faillit me coûter la vie. Tel est le peu de poids des plus grands services rendus aux Princes, quand ils sont mis en balance avec le refus de satisfaire leurs passions.

Environ trois semaines après cet exploit, il arriva de Blefuscu une ambassade solennelle demandant humblement la paix. On la conclut sans tarder à des conditions fort avantageuses pour notre Empereur, mais dont le détail n'offre aucun intérêt. Il y avait six ambassadeurs, avec une suite de cinq cents personnes et un train dont la magnificence était digne de la grandeur de leur maître et de l'importance de leur mission.

---

1. Il ne s'agit plus ici des guerres franco-anglaises, mais peut-être de la conquête de l'Irlande par Henri VIII.

When their Treaty was finished, wherein I did them several good offices by the credit I now had, or at least appeared to have at Court, their Excellencies, who were privately told how much I had been their friend, made me a visit in form. They began with many compliments upon my valour and generosity, invited me to that kingdom in the Emperor their master's name, and desired me to show them some proofs of my prodigious strength, of which they had heard so many wonders; wherein I readily obliged them, but shall not interrupt the reader with the particulars.

When I had for some time entertained their Excellencies to their infinite satisfaction and surprise, I desired they would do me the honour to present my most humble respects to the Emperor their master, the renown of whose virtues had so justly filled the whole world with admiration, and whose royal person I resolved to attend before I returned to my own country : accordingly, the next time I had the honour to see our Emperor, I desired his general licence to wait on the Blefuscudian monarch, which he was pleased to grant me, as I could plainly perceive, in a very cold manner ; but could not guess the reason, till I had a whisper from a certain person, that Flimnap and Bolgolam had represented my intercourse with those ambassadors as a mark of disaffection, from which I am sure my heart was wholly free. And this was the first time I began to conceive some imperfect idea of Courts and Ministers.

Lorsqu'on eut conclu le traité — où je ne fus pas sans aider les Blefuscudiens, grâce au crédit que j'avais, ou semblais avoir à la Cour —, Leurs Excellences, averties secrètement de l'appui que je leur avais porté, me firent une visite officielle. Ils commencèrent par me faire de grands compliments sur mon courage et ma générosité et m'invitèrent dans leur pays au nom de leur Empereur et Maître ; ils me prièrent aussi de leur donner quelques preuves de cette force prodigieuse dont on leur avait dit tant de merveilles. Je leur fis très volontiers ce plaisir, mais je veux épargner les détails inutiles à mon lecteur.

Quand j'eus distrait quelque temps Leurs Excellences d'une façon qui leur causa autant de surprise que d'agrément, je les priai de me faire l'honneur de présenter mes très humbles respects à leur Empereur et Maître, qui remplit si noblement l'univers tout entier du renom de ses vertus, et dont je tenais à saluer la royale personne avant de retourner dans mon pays. Aussi dès que j'eus l'honneur de revoir notre Empereur je lui demandai la permission d'aller rendre visite au monarque blefuscudien, et il me l'accorda, mais en y mettant une froideur qui me frappa. Je ne m'expliquai cette attitude que lorsqu'on m'eut rapporté secrètement que Flimnap et Bolgolam avaient présenté mes entretiens avec les ambassadeurs comme une preuve de désaffection à l'égard de Sa Majesté, sentiment dont mon cœur était parfaitement pur, je l'affirme. Ce fut à cette occasion que j'entrevis pour la première fois ce que sont les cours et les ministres [1].

1. Swift mêle dans cet épisode des traits pris à sa propre carrière politique et des traits pris à la carrière de son ami Bolingbroke.

It is to be observed, that these ambassadors spoke to me by an interpreter, the languages of both Empires differing as much from each other as any two in Europe, and each nation priding itself upon the antiquity, beauty, and energy of their own tongues, with an avowed contempt for that of their neighbour; yet our Emperor, standing upon the advantage he had got by the seizure of their fleet, obliged them to deliver their credentials, and make their speech, in the Lilliputian tongue. And it must be confessed, that from the great intercourse of trade and commerce between both realms, from the continual reception of exiles, which is mutual among them, and from the custom in each Empire to send their young nobility and richer gentry to the other, in order to polish themselves, by seeing the world, and understanding men and manners, there are few persons of distinction, or merchants, or seamen, who dwell in the maritime parts, but what can hold conversation in both tongues; as I found some weeks after, when I went to pay my respects to the Emperor of Blefuscu, which in the midst of great misfortunes, through the malice of my enemies, proved a very happy adventure to me, as I shall relate in its proper place.

The reader may remember, that when I signed those articles upon which I recovered my liberty, there were some which I disliked upon account of their being too servile, neither could anything but an extreme necessity have forced me to submit.

1 Portrait de Jonathan Swift (1664-1745),
doyen de la cathédrale Saint-Patrick de Dublin,
peint par Markham et gravé par Vanhaecken vers
1744.
Swift commença la rédaction des *Voyages de Gulliver* en 1721. Ils paraîtront en deux volumes le
28 octobre 1726.

Gulliver exerce pendant trois ans la médecine dans les faubourgs de Londres avant d'accepter un poste de chirurgien à bord de *L'Antilope*. Il embarque le 4 mai 1699.

2 Vue des faubourgs de Londres. Gravure anglaise, XVIIIᵉ s. Galerie Sabauda, Turin.

3 Le port de Londres. Gravure anglaise, XVIIIᵉ s. Collection particulière, Paris.

J. Swift entre au service de sir William Temple, comme secrétaire, en 1689. William Temple et son épouse serviront de modèle pour le roi et la reine des géants dans le voyage à Brobdingnag.

4 Portrait de sir William Temple (1628-1699). Gravure de Goldar d'après P. Lely.

3

4

5   Couverture illustrée des *Voyages de Gulliver*.
Edition anglaise datée de 1815. Gravure de
C. Warren d'après les dessins de T. Uwins.
Gulliver est représenté sous les traits de Napo-
léon Bonaparte.

6   L'Empereur de Lilliput vient voir son prisonnier, Gulliver. Gravure de Gavarni. Bibliothèque
nationale, Paris.

« Passons maintenant au portrait de ce Prince : il
dominait d'au moins la largeur de mon ongle
tous les Seigneurs de sa Cour, et cela suffisait à
en imposer à tous ceux qui l'approchaient. Ses
traits étaient mâles et fermes, la lèvre autrichienne et le nez aquilin ; (...). Ses gestes étaient
toujours empreints de grâce, et ses attitudes
pleines de majesté. Ce n'était plus un jouvenceau, mais un homme de 28 ans et trois quarts
d'année ; il avait régné sept ans avec beaucoup
de bonheur, presque toujours victorieux. »

7, 8, 9 Le royaume rival de Lilliput, Blefuscu, ressemble en de nombreux points à la France de Louis XIV. La crainte d'un débarquement de la flotte française ne cessait, à cette époque, de hanter les esprits anglais.
C'est pourquoi l'Empereur de Lilliput impose à Gulliver d'être son allié contre l'île de Blefuscu. Il l'engage aussi à faire tout son possible pour détruire la flotte que ses ennemis arment pour envahir les terres de Lilliput.

7 et 8 Siège de La Rochelle (Août 1627-28 octobre 1628). Peinture de Jacques Callot (ensemble et détail). Château de Versailles.

9 Prise de sept vaisseaux anglais par la frégate *L'Aigle* le 2 mars 1711. Peinture de Théodore Gudin. Appartement du questeur au Sénat, Versailles.

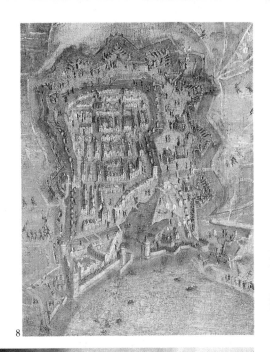

8

9

10

12

10 Portrait du roi George Ier (1660-1727). Il était favorable aux whigs. L'Empereur de Lilliput peut lui être comparé. Gravure anonyme.

11 Portrait du roi George II (1683-1760). Il régna de 1727 à 1760. Donnant l'impression d'être ami des tories, il déçut leur confiance en gardant les whigs au pouvoir. Gravure anonyme.

13

12 *In Place*. Gravure satirique anglaise sur Robert Walpole, 1738.

13 Voltaire, Rabelais et Swift. Frontispice des *Voyages de Gulliver* par Grandville, 1838.

Rabelais était un des auteurs préférés de Swift. Peut-être lui a-t-il emprunté la conception générale du « bon géant » ? Quant à Voltaire, Swift le rencontra en juin 1727. Ces deux auteurs de contes philosophiques ne pouvaient que s'admirer l'un l'autre.

14

15

14 et 15 L'Angleterre ne cessa d'être en prise aux luttes religieuses. Swift y fait allusion par la querelle des Gros-Boutiens (les catholiques) et des Petits-Boutiens (les protestants).

14 Supplices infligés aux catholiques en Angleterre en 1569. Gravure anonyme. Bibliothèque nationale, Paris.

15   Cruauté de Jacques II envers les protestants irlandais en 1690. Gravure anonyme. Bibliothèque nationale, Paris.

La morale de Swift :

« Tous les vrais fidèles casseront leurs œufs par le bout le plus commode ? On doit, à mon avis, laisser à chacun le soin d'en décider selon sa conscience ou s'en remettre alors à l'autorité du premier magistrat. »

16 et 17   Illustrations anonymes du *Voyage à Lilliput* vers 1860.

18 *Le Capitaine Gulliver.* Gravure de Wittmann d'après Gavarni. Bibliothèque nationale, Paris.

19 *Les Amusements de la cour.* Gravure de Rouget d'après Haubois. Bibliothèque nationale, Paris.

20

21

20 et 21   Illustrations du *Voyage à Lilliput*. Gravures anonymes vers 1860.

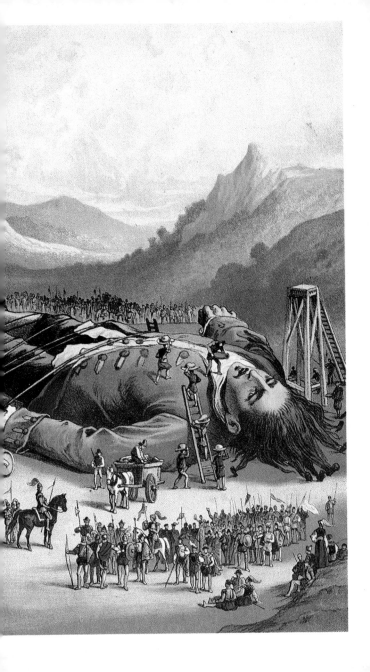

22   Illustration du *Voyage à Lilliput*. Gravure extraite de la première traduction française, 1727. Bibliothèque nationale, Paris.

Je dois faire remarquer que ces ambassadeurs me parlaient avec l'aide d'interprètes, car les langues des deux Empires sont tout aussi différentes l'une de l'autre que celles de deux nations d'Europe, et chacun des deux peuples vante l'ancienneté, la beauté et le pouvoir expressif de sa langue tout en professant le plus grand mépris pour celle de son voisin. Cependant notre Empereur, fort de sa victoire navale, obligea les ambassadeurs à présenter leurs lettres de créance, et à faire leurs discours en langue lilliputienne. Il faut d'ailleurs reconnaître qu'en raison des étroites relations d'affaires et de commerce qu'ont les deux pays, en raison de l'arrivée fréquente, dans l'un comme dans l'autre, d'exilés politiques, en raison aussi de cette habitude qui leur est commune d'envoyer dans l'île d'en face les jeunes gens des familles aisées et de la noblesse, pour se polir, voir du pays et apprendre l'usage du monde, toute personne de qualité, ou commerçant, ou marin, habitant la côte est pratiquement capable de tenir une conversation dans les deux langues. Je vérifiai ce fait quelques semaines plus tard à Blefuscu, au cours du voyage que j'y fis, pour présenter mes respects à l'Empereur, et qui se révéla providentiel, car il me permit d'échapper à l'emprise de mes ennemis, comme je le raconterai en temps voulu.

Le lecteur se souviendra que certains articles du traité que j'avais signé pour recouvrer ma liberté me déplaisaient fort par leur caractère servile, et que seule l'extrême nécessité où je me trouvais alors m'avait fait les admettre.

129

But being now a *Nardac*, of the highest rank in that Empire, such offices were looked upon as below my dignity, and the Emperor (to do him justice) never once mentioned them to me. However, it was not long before I had an opportunity of doing his Majesty, at least, as I then thought, a most signal service. I was alarmed at midnight with the cries of many hundred people at my door; by which being suddenly awaked, I was in some kind of terror. I heard the word *burglum* repeated incessantly : several of the Emperor's Court, making their way through the crowd, entreated me to come immediately to the palace, where her Imperial Majesty's apartment was on fire, by the carelessness of a Maid of Honour, who fell asleep while she was reading a romance. I got up in an instant; and orders being given to clear the way before me, and it being likewise a moonshine night, I made a shift to get to the palace without trampling on any of the people. I found they had already applied ladders to the walls of the apartment, and were well provided with buckets, but the water was at some distance. These buckets were about the size of a large thimble, and the poor people supplied me with them as fast as they could; but the flame was so violent, that they did little good. I might easily have stifled it with my coat, which I unfortunately left behind me for haste, and came away only in my leathern jerkin. The case seemed wholly desperate and deplorable, and this magnificent palace would have infallibly been burnt down to the ground,

Mais maintenant que j'avais obtenu la dignité suprême de *Nardac* de l'Empire, on jugea de tels travaux indignes de mon titre, et l'Empereur, je dois lui rendre cette justice, n'y fit jamais allusion. Cependant une occasion se présenta vite de rendre à Sa Majesté un service tout à fait signalé — je le croyais du moins à l'époque. Je fus une nuit tiré de mon sommeil par des centaines de voix qui retentirent à ma porte. Ce fut si brusque que j'en restai tout effrayé. J'entendais répéter sans arrêt le mot *burglum* [1]. Des officiers de la Cour, s'avançant à travers la foule, vinrent me supplier de me rendre au Palais sans retard : les appartements de l'Impératrice étaient en flammes. Le sinistre était dû à la négligence d'une dame d'honneur, qui s'était endormie en lisant un roman. Je me levai aussitôt. On fit s'écarter les gens devant moi, et, grâce aussi au beau clair de lune qu'il faisait cette nuit-là, j'eus la bonne fortune d'arriver au Palais sans écraser personne. J'y trouvais des échelles déjà dressées contre le mur, et les seaux répartis en bon nombre. Mais l'eau se trouvait loin ; les seaux avaient la taille d'un gros dé à coudre et les pauvres gens me les passaient aussi vite qu'ils pouvaient, mais l'incendie faisait rage et l'on n'avançait pas. J'aurais pu l'étouffer sans trop de mal avec ma veste, mais, dans ma hâte, j'étais sorti sans elle et n'avais que mon justaucorps de cuir. Les choses se présentaient donc très mal, et c'était déplorable ; ce magnifique Palais allait être réduit par le feu jusqu'au sol,

---

1. *Burglum* : Le feu. Contient plusieurs lettres du français *brûler*.

if, by a presence of mind, unusual to me, I had not suddenly thought of an expedient. I had the evening before drank plentifully of a most delicious wine, called *glimigrim* (the Blefuscudians call it *flunec*, but ours is esteemed the better sort), which is very diuretic. By the luckiest chance in the world, I had not discharged myself of any part of it. The heat I had contracted by coming very near the flames, and by my labouring to quench them, made the wine begin to operate by urine; which I voided in such a quantity, and applied so well to the proper places, that in three minutes the fire was wholly extinguished, and the rest of that noble pile, which had cost so many ages in erecting, preserved from destruction.

It was now daylight, and I returned to my house, without waiting to congratulate with the Emperor; because, although I had done a very eminent piece of service, yet I could not tell how his Majesty might resent the manner by which I had performed it : for, by the fundamental laws of the realm, it is capital in any person, of what quality soever, to make water within the precincts of the palace. But I was a little comforted by a message from his Majesty, that he would give orders to the Grand Justiciary for passing my pardon in form; which, however, I could not obtain. And I was privately assured, that the Empress, conceiving the greatest abhorrence of what I had done,

1. *Glimigrin* : Sorte de vin (traduction de Swift). La dernière syllabe rappelle le français *grain*. Et si les deux premières sont inspirées par l'anglais *glim* (*mering*), « brillant », l'ensemble est fait pour évoquer les grappes de raisin luisant au soleil.

lorsque soudain, avec une présence d'esprit qui ne m'est pas habituelle, j'eus l'idée d'une solution : j'avais bu la veille de grandes quantités d'un vin délicieux appelé *Glimigrin* (les Blefuscudiens l'appellent *Flunec* [1], mais le nôtre est plus apprécié) qui est très diurétique. Et par le plus grand hasard, je n'avais pas encore vidé ma vessie. En m'approchant ainsi des flammes et en travaillant dur à les éteindre, je m'échauffais tellement que le vin commença à opérer : j'eus envie d'uriner ; et je le fis si abondamment et en visant si juste qu'en trois minutes le feu était noyé [2]. Et le reste de ce noble édifice, qui avait coûté tant de siècles de travail, fut préservé de la ruine.

Il faisait déjà grand jour et je rentrai directement chez moi, sans attendre d'avoir salué l'Empereur. Je lui avais rendu, certes, un signalé service, mais enfin j'ignorais comment Sa Majesté apprécierait la façon dont je le lui avais rendu. Car c'est une loi fondamentale du Royaume, que personne, de quelque rang que ce soit, ne peut faire pipi dans l'enceinte du Palais. Je fus un peu rassuré par un message de Sa Majesté, m'annonçant qu'il allait faire rédiger par son Garde des Sceaux l'acte de mon pardon. En fait ce document ne me fut jamais remis. Quant à l'Impératrice, on m'avertit sous le manteau qu'elle avait été écœurée de ma conduite.

Flunec : Vin de Blefuscu. Mot sans doute composé de deux syllabes gréco-latines, extraites l'une de *flux*, « le flot », et l'autre de *nectar*.
2. Ce passage semble tiré de *Gargantua*.

removed to the most distant side of the court, firmly resolved that those buildings should never be repaired for her use; and, in the presence of her chief confidants, could not forbear vowing revenge.

CHAPTER VI

Of the inhabitants of Lilliput; their learning, laws, and customs, the manner of educating their children. The author's way of living in that country. His vindication of a great Lady.

Although I intend to leave the description of this Empire to a particular treatise, yet in the meantime I am content to gratify the curious reader with some general ideas. As the common size of the natives is somewhat under six inches, so there is an exact proportion in all other animals, as well as plants and trees : for instance, the tallest horses and oxen are between four and five inches in height, the sheep an inch and a half, more or less; their geese about the bigness of a sparrow, and so the several gradations downwards, till you come to the smallest, which, to my sight, were almost invisible; but Nature hath adapted the eyes of the Lilliputians to all objects proper for their view :

1. Une autre idée que Swift emprunte à la philosophie de Berkeley : l'esprit et la matière restent en dépendance étroite dans un monde donné. Si le divertissement philosophique consiste à

Elle avait déménagé à l'autre bout du château et prévenu que si l'on réparait l'aile endommagée, ce ne serait pas pour elle. En présence de ses confidentes les plus intimes, elle ne pouvait s'empêcher de jurer de se venger.

CHAPITRE VI

Les Lilliputiens. — Leurs sciences, leurs lois, leurs coutumes, l'éducation des enfants. — Mode de vie de l'auteur à Lilliput. — Plaidoyer en faveur d'une grande dame.

La description de l'Empire de Lilliput doit faire l'objet d'un traité particulier, mais en attendant que cet ouvrage ait paru, le lecteur curieux voudra peut-être avoir quelques notions générales. Je suis heureux de les lui donner ici. La taille moyenne des habitants est un peu inférieure à six pouces, celle de tous les animaux, celle des arbres et des plantes leur sont exactement proportionnées [1] : par exemple, les chevaux et les bœufs sont hauts de quatre ou cinq pouces à l'encolure, les moutons de un pouce et demi, à peu près, leurs oies sont grosses comme des moineaux, et le reste à l'avenant, de sorte que les plus petites bêtes étaient pour moi presque invisibles. Mais la nature a adapté les yeux des Lilliputiens à la taille des objets qu'ils ont à voir :

introduire dans un système un élément qui, lui, est aberrant — ici Gulliver —, le monde lui-même n'en reste pas moins conforme à la représentation des êtres conscients qui le peuplent.

135

they see with great exactness, but at not great distance. And to show the sharpness of their sight towards objects that are near, I have been much pleased with observing a cook pulling a lark, which was not so large as a common fly; and a young girl threading an invisible needle with invisible silk. Their tallest trees are about seven foot high; I mean some of those in the great royal park, the tops whereof I could but just reach with my fist clinched. The other vegetables are in the same proportion; but this I leave to the reader's imagination.

I shall say but little at present of their learning, which for many ages hath flourished in all its branches among them: but their manner of writing is very peculiar, being neither from the left to the right, like the Europeans; nor from the right to the left, like the Arabians; nor from up to down, like the Chinese; nor from down to up, like the Cascagians; but aslant from one corner of the paper to the other, like our ladies in England.

They bury their dead with their heads directly downwards, because they hold an opinion that in eleven thousand moons they are all to rise again, in which period the earth (which they conceive to be flat) will turn upside down, and by this means they shall, at their resurrection, be found ready standing on their feet. The learned among them confess the absurdity of this doctrine, but the practice still continues, in compliance to the vulgar.

leur vue est extrêmement perçante, mais de faible portée. Pour faire apparaître l'acuité de leur vision, j'eus un jour le plaisir de regarder un cuisinier qui plumait une alouette pas plus grosse qu'une mouche de nos pays et une jeune fille enfilant à un fil invisible une aiguille que je ne voyais pas mieux. Leurs arbres les plus hauts peuvent atteindre jusqu'à sept pieds, mais je n'en ai vu de cette taille que dans le Parc royal : je pouvais tout juste toucher leur cime de ma main. Les autres plantes sont en proportion, mais je laisse au lecteur le soin de les imaginer.

Je ne m'étendrai pas ici sur leurs connaissances, qui sont très variées, dans ce pays de vieille et florissante culture, mais leur écriture est très particulière : ils n'écrivent ni de droite à gauche comme les Arabes, ni de gauche à droite comme les Européens, ni de haut en bas comme les Chinois, ni de bas en haut comme les Cascagiens [1], mais en oblique, d'un coin à l'autre de la feuille, comme les grandes dames en Angleterre.

Ils enterrent leurs morts la tête en bas, parce qu'ils croient qu'ils vont tous ressusciter dans onze mille lunes ; à ce moment-là, la terre, qu'ils conçoivent comme une grande plaque, se retournera sur l'autre face et les morts se retrouveront de la sorte debout sur leurs pieds, au jour de la résurrection [2]. Les esprits éclairés reconnaissent l'absurdité de cette doctrine, mais l'usage subsiste, pour ne pas rompre avec une tradition populaire.

1. L'auteur ne présente pas ce mot comme faisant partie d'une langue imaginaire. Il doit être fabriqué sur l'espagnol *Cascajo*, employé souvent comme euphémisme pour désigner l'organe génital.
2. Allusion à un contresens fréquent sur un verset de la Bible (Isaïe, XXIV, I).

There are some laws and customs in this Empire very peculiar, and if they were not so directly contrary to those of my own dear country, I should be tempted to say a little in their justification. It is only to be wished, that they were as well executed. The first I shall mention, relateth to informers. All crimes against the state are punished here with the utmost severity; but if the person accused make his innocence plainly to appear upon his trial, the accuser is immediately put to an ignominious death; and out of his goods or lands, the innocent person is quadruply recompensed for the loss of his time, for the danger he underwent, for the hardship of his imprisonment, and for all the charges he hath been at in making his defence. Or, if that fund be deficient, it is largely supplied by the Crown. The Emperor doth also confer on him some public mark of his favour, and proclamation is made of his innocence through the whole city.

They look upon fraud as a greater crime than theft, and therefore seldom fail to punish it with death; for they allege, that care and vigilance, with a very common understanding, may preserve a man's goods from thieves, but honesty hath no fence against superior cunning : and since it is necessary that there should be a perpetual intercourse of buying and selling, and dealing upon credit, where fraud is permitted or connived at, or hath no law to punish it, the honest dealer is always undone, and the knave gets the advantage.

Il y a dans cet Empire des lois et des coutumes très singulières, et que je serais assez tenté de défendre si elles n'étaient si directement contraires à celles de ma chère patrie. Les leurs sont en tout cas fort bien observées, ce qu'on pourrait souhaiter aux nôtres. La première que je mentionnerai est la loi sur les délateurs : tous les crimes contre l'État sont ici punis avec une extrême rigueur, mais si la personne mise en accusation peut au cours du procès prouver son innocence, alors l'accusateur est aussitôt promis à une mort ignominieuse et ses biens ou propriétés servent à dédommager au quadruple l'innocent, pour le temps qu'il a perdu, pour le danger qu'il a couru, pour les rigueurs de sa captivité et pour les frais de sa défense. Si les biens confisqués sont insuffisants, la Couronne paye sans marchander le reste. De plus l'Empereur donne une marque publique de son estime à l'homme faussement accusé et fait proclamer son innocence dans toute la ville.

Ils tiennent l'escroquerie pour un crime plus grave que le vol, et la punissent presque toujours de mort, car, expliquent-ils, tout homme moyennement doué peut se défendre des voleurs, en prenant quelques précautions, tandis que l'honnêteté est désarmée devant un habile escroc ; or, la vente, l'achat, les affaires, toutes choses indispensables, ne se conçoivent que dans un climat de confiance. Si donc la fraude est permise ou tolérée, ou impossible à punir, c'est toujours l'honnête homme qui se trouvera pris, et le coquin qui aura l'avantage.

I remember when I was once interceding with the King for a criminal who had wronged his master of a great sum of money, which he had received by order, and ran away with; and happening to tell his Majesty, by way of extenuation, that it was only a breach of trust; the Emperor thought it monstrous in me to offer, as a defence, the greatest aggravation of the crime: and truly, I had little to say in return, farther than the common answer, that different nations had different customs; for, I confess, I was heartily ashamed.

Although we usually call reward and punishment the two hinges upon which all government turns, yet I could never observe this maxim to be put in practice by any nation except that of Lilliput. Whoever can there bring sufficient proof that he hath strictly observed the laws of his country for seventy-three moons, hath a claim to certain privileges, according to his quality and condition of life, with a proportionable sum of money out of a fund appropriated for that use: he likewise acquires the title of *Snilpall*, or *Legal*, which is added to his name, but doth not descend to his posterity. And these people thought it a prodigious defect of policy among us, when I told them that our laws were enforced only by penalties without any mention of reward.

---

1. *Snilpall :* Loyal (traduction de Swift). Titre de noblesse inférieur, ne passant pas aux descendants, l'équivalent du *knight* anglais. La dernière syllabe paraît empruntée au français *paladin*, et

Je me rappelle avoir une fois intercédé auprès du Roi en faveur d'un criminel qui avait détourné une importante somme d'argent, appartenant à son maître, la touchant en son nom, et s'enfuyant avec. J'en vins à dire à Sa Majesté, pensant diminuer à ses yeux la gravité du crime, qu'il se réduisait à un abus de confiance — or, l'Empereur jugea monstrueux qu'on pût présenter comme circonstance atténuante la circonstance aggravante entre toutes. De fait il ne me vint pas d'autre réponse à l'esprit que le banal proverbe : autres lieux, autres mœurs, car, je l'avoue, j'étais couvert de honte.

Bien que nous ayons toujours à la bouche ce principe que récompense et châtiment sont les deux piliers de l'État, je ne l'ai jamais vu mis en application ailleurs qu'à Lilliput. Là-bas quiconque peut établir de façon probante qu'il a strictement observé les lois de son pays depuis soixante-treize lunes, a droit à certains privilèges variables selon sa naissance et sa condition, ainsi qu'à des récompenses en argent, payées sur une caisse spéciale et également variables. Il reçoit en plus le titre de *Snilpall*[1], c'est-à-dire Loyal, qu'il ajoute à son nom, mais qui n'est pas héréditaire. Et quand je leur dis que chez nous les lois s'appliquaient à grand renfort de châtiments, mais qu'on ne parlait même pas de récompenses, ils s'étonnèrent de cette prodigieuse faute politique.

la première rappelle anagrammatiquement *slim*, employé ailleurs pour signifier « inférieur », « pauvre ». L'ensemble désignerait par conséquent le dernier degré de l'échelle nobiliaire.

It is upon this account that the image of Justice, in their courts of judicature, is formed with six eyes, two before, as many behind, and on each side one, to signify circumspection; with a bag of gold open in her right hand, and a sword sheathed in her left, to show she is more disposed to reward than to punish.

In choosing persons for all employments, they have more regard to good morals than to great abilities; for, since government is necessary to mankind, they believe that the common size of human understandings is fitted to some station or other, and that Providence never intended to make the management of public affairs a mystery, to be comprehended only by a few persons of sublime genius, of which there seldom are three born in an age : but, they suppose truth, justice, temperance, and the like, to be in every man's power; the practice of which virtues, assisted by experience and a good intention, would qualify any man for the service of his country, except where a course of study is required. But they thought the want of moral virtues was so far from being supplied by superior endowments of the mind, that employments could never be put into such dangerous hands as those of persons so qualified; and at least, that the mistakes committed by ignorance in a virtuous disposition, would never be of such fatal consequence to the public weal, as the practices of a man whose inclinations led him to be corrupt, and had great abilities to manage, and multiply, and defend his corruptions.

C'est intentionnellement que, dans leurs tribunaux, ils représentent la Justice — qui a d'ailleurs six yeux, deux devant, deux derrière, et un de chaque côté, symbole de la circonspection — avec, dans sa main droite, un sac d'or grand ouvert et, dans sa main gauche, une épée au fourreau. Ils veulent faire comprendre qu'elle incline à récompenser plutôt qu'à punir.

Lorsqu'ils ont à choisir parmi plusieurs candidats à quelque office, ils regardent aux qualités morales, plus qu'aux dons de l'intelligence. Le gouvernement des hommes étant en effet une nécessité naturelle, ils supposent qu'une intelligence normale sera toujours à la hauteur de son rôle et que la Providence n'eut jamais le dessein de rendre la conduite des affaires publiques si mystérieuse et difficile qu'on la dût réserver à quelques rares génies — tels qu'il n'en naît guère que deux ou trois par siècle. Ils pensent au contraire que la loyauté, la justice, la tempérance et autres vertus sont à la portée de tous, et que la pratique de ces vertus, aidée de quelque expérience et d'une intention honnête, peut donner à tout citoyen capacité pour servir son pays, sauf aux postes qui exigent des connaissances spéciales. Ils ne pensent pas qu'une intelligence supérieure puisse pallier l'absence des vertus morales — bien au contraire, jamais ils n'oseraient confier un poste à un homme de ce genre, car on tient les fautes commises par l'ignorance d'un homme intègre pour infiniment moins préjudiciables au bien commun que les intrigues d'un homme sans scrupules et assez habile pour organiser, multiplier et défendre ses malhonnêtetés.

In like manner, the disbelief of a Divine Providence renders a man uncapable of holding any public station; for since kings avow themselves to be the deputies of Providence, the Lilliputians think nothing can be more absurd than for a prince to employ such men as disown the authority under which he acteth.

In relating these and the following laws, I would only be understood to mean the original institutions, and not the most scandalous corruptions into which these people are fallen by the degenerate nature of man. For as to that infamous practice of acquiring great employments by dancing on the ropes, or badges of favour and distinction by leaping over sticks, and creeping under them, the reader is to observe, that they were first introduced by the grandfather of the Emperor now reigning, and grew to the present height by the gradual increase of party and faction.

Ingratitude is among them a capital crime, as we read it to have been in some other countries; for they reason thus, that whoever makes ill returns to his benefactor, must needs be a common enemy to the rest of mankind, from whom he hath received no obligation, and therefore such a man is not fit to live.

Their notions relating to the duties of parents and children differ extremely from ours.

1. En réalité, les *Voyages* n'ont pas de schéma cohérent, et Swift y traite coup sur coup, sans se préoccuper de logique, le genre satirique, puis le genre utopique. Dès le chapitre VII, il revient au genre satirique.

De la même façon, un homme qui ne croit pas à une providence divine sera écarté de toute fonction publique. En effet, puisque les Rois se disent les envoyés de la Providence, les Lilliputiens pensent qu'un Prince agirait avec une grande inconséquence s'il prenait à son service des hommes rejetant l'autorité de laquelle il se réclame.

Précisons que je ne décris et vais décrire les institutions de Lilliput que dans l'état où elles étaient à l'origine[1] et non dans celui de scandaleuse corruption, où les firent tomber les vices inhérents à la nature humaine. Signalons par exemple que des pratiques indignes telles que la danse sur la corde raide pour obtenir les grandes charges, ou les exercices de saut ou de reptation au-dessus ou au-dessous d'un bâton pour quémander des rubans honorifiques, n'ont été introduites que par l'aïeul[2] de l'Empereur actuel, et n'ont acquis tellement d'importance qu'à cause des luttes toujours plus vives entre les partis.

L'ingratitude est chez eux un crime capital — comme jadis, nous apprend-on, chez d'autres peuples[3]. Leur raisonnement est le suivant : celui qui fait du mal à son bienfaiteur, comment restera-t-il sans en faire à tout le reste des hommes, de qui il n'a pas reçu de bienfaits ? Il ne convient donc pas de le laisser vivre.

Ils ne conçoivent pas du tout comme nous les devoirs des parents et des enfants.

2. Aucune allusion historique précise. Nous sommes en pleine fiction.
3. Réminiscence, assez vague, semble-t-il, des textes grecs parlant de l'éducation des Perses.

For, since the conjunction of male and female is founded upon the great Law of Nature, in order to propagate and continue the species, the Lilliputians will needs have it, that men and women are joined together like other animals, by the motives of concupiscence; and that their tenderness towards their young, proceedeth from the like natural principle : for which reason they will never allow, that a child is under any obligation to his father for begetting him, or to his mother for bringing him into the world; which, considering the miseries of human life, was neither a benefit in itself, nor intended so by his parents, whose thoughts in their love-encounters were otherwise employed. Upon these, and the like reasonings, their opinion is, that parents are the last of all others to be trusted with the education of their own children : and therefore they have in every town public nurseries, where all parents, except cottagers and labourers, are obliged to send their infants of both sexes to be reared and educated when they come to the age of twenty moons, at which time they are supposed to have some rudiments of docility. These schools are of several kinds, suited to different qualities, and to both sexes. They have certain professors well skilled in preparing children for such a condition of life as befits the rank of their parents, and their own capacities as well as inclinations. I shall first say something of the male nurseries, and then of the female.

C'est, en effet, uniquement parce qu'ils y sont poussés par la Nature que les sexes se rapprochent. L'ordre naturel veut la conservation et la propagation des espèces, mais pour les Lilliputiens, l'homme et la femme, comme tous les animaux, n'ont de rapports que pour satisfaire leurs désirs. De même la tendresse des parents pour leurs enfants est, selon eux, d'origine purement physiologique. On ne leur fera pas admettre que les enfants restent les obligés du père qui les a engendrés et de la mère qui les a mis au monde. Car il ne s'agit pas là d'un bienfait en soi, étant donné les misères de la vie, et d'autre part les parents avaient bien autre chose en tête lors de leurs ébats amoureux. Pour ces raisons et d'autres du même ordre, ils considèrent que les parents sont les derniers à qui l'on puisse confier l'éducation de leurs enfants, et c'est pourquoi on trouve dans toutes les villes des écoles d'État où tous les parents, sauf ceux qui vivent à la campagne, doivent obligatoirement faire élever leurs enfants des deux sexes, à partir de l'âge de vingt lunes, où l'on pense qu'ils ont acquis un minimum de docilité. Ces écoles sont différentes selon le sexe et l'origine de leurs élèves. Des maîtres très expérimentés y préparent les enfants à l'avenir qui convient à leur naissance, mais aussi à leurs capacités et à leurs goûts personnels. Disons quelques mots des pensionnats de garçons ; nous parlerons après des pensionnats de filles.

The nurseries for males of noble or eminent birth are provided with grave and learned professors, and their several deputies. The clothes and food of the children are plain and simple. They are bred up in the principles of honour, justice, courage, modesty, clemency, religion, and love of their country; they are always employed in some business, except in the times of eating and sleeping, which are very short, and two hours for diversions, consisting of bodily exercises. They are dressed by men till four years of age, and then are obliged to dress themselves, although their quality be ever so great; and the women attendants, who are aged proportionably to ours at fifty, perform only the most menial offices. They are never suffered to converse with servants, but go together in small or greater numbers to take their diversions, and always in the presence of a professor, or one of his deputies; whereby they avoid those early bad impressions of folly and vice to which our children are subject. Their parents are suffered to see them only twice a year; the visit is not to last above an hour. They are allowed to kiss the child at meeting and parting; but a professor, who always standeth by on those occasions, will not suffer them to whisper, or use any fondling expressions, or bring any presents of toys, sweetmeats, and the like.

The pension from each family for the education and entertainment of a child, upon failure of due payment, is levied by the Emperor's officers.

Les collèges de garçons de familles nobles ou fortunées sont dirigés par des maîtres graves et savants aidés de divers assistants. Les vêtements et la nourriture des enfants y sont très simples. On leur inculque des principes d'honneur, de justice et de courage, de modestie, de clémence et de religion, sans oublier l'amour de leur patrie. Ils ont toujours quelque chose à faire, sauf pendant le temps réservé aux repas ou au sommeil, qui est d'ailleurs très court, et deux heures de récréation que l'on consacre aux exercices corporels. Ce sont des hommes qui les habillent jusqu'à l'âge de quatre ans, ensuite ils doivent s'habiller tout seuls, même lorsqu'ils sont de très haute naissance. Les femmes qui sont employées dans ces maisons ont au moins cinquante ans de notre âge et sont confinées aux tâches subalternes. On ne permet jamais aux enfants de bavarder avec les domestiques, mais ils prennent leur récréation ensemble, par petits groupes, et toujours sous la surveillance d'un professeur ou d'un assistant : on leur évite ainsi d'être prématurément en contact avec les vices et les folies humaines, comme trop de nos enfants. On n'accorde aux parents que deux visites annuelles, et ces visites ne peuvent durer plus d'une heure. Ils peuvent embrasser leurs enfants en arrivant et en partant, mais ne doivent ni leur parler à l'oreille ni leur remettre jouets, bonbons ou autres babioles. Il y a toujours un professeur au parloir pour les en empêcher.

Les familles sont tenues de payer les frais d'entretien et d'éducation de leurs enfants, et les huissiers royaux perçoivent au besoin l'écolage.

The nurseries for children of ordinary gentlemen, merchants, traders, and handicrafts, are managed proportionably after the same manner; only those designed for trades are put out apprentices at seven years old, whereas those of persons of quality continue in their nurseries till fifteen, which answers to one and twenty with us : but the confinement is gradually lessened for the last three years.

In the female nurseries, the young girls of quality are educated much like the males, only they are dressed by orderly servants of their own sex, but always in the presence of a professor or deputy, till they come to dress themselves, which is at five years old. And if it be found that these nurses ever presume to entertain the girls with frightful or foolish stories, or the common follies practised by chambermaids among us, they are publicly whipped thrice about the city, imprisoned for a year, and banished for life to the most desolate parts of the country. Thus the young ladies there are as much ashamed of being cowards and fools as the men, and despise all personal ornaments beyond decency and cleanliness : neither did I perceive any difference in their education, made by their difference of sex, only that the exercises of the females were not altogether so robust,

Les collèges destinés aux fils de bourgeois, commerçants et artisans sont organisés à peu près de la même façon; mais les futurs marchands sont envoyés en apprentissage dès leur septième année, tandis que les bourgeois plus riches poursuivent leur formation jusqu'à l'âge de quinze ans (ce qui fait vingt et un ans de notre âge). Pendant les dernières années, pourtant, on leur laisse progressivement plus de liberté.

Dans les pensions de filles, les jeunes personnes de qualité reçoivent presque la même éducation que les garçons. Seulement ce sont des domestiques de leur sexe (attachées à l'établissement et non à leur personne) qui les habillent, et toujours en présence d'un professeur, ou d'un assistant. Ceci jusqu'à ce qu'elles atteignent l'âge de cinq ans, où elles doivent s'habiller seules. Et si l'on surprend l'une des bonnes à raconter aux enfants des histoires stupides ou terrifiantes ou bien à faire une de ces sottises qui plaisent tant à nos chambrières, elle est fouettée publiquement trois fois par les rues de la ville, condamnée à un an de prison et bannie à vie dans le coin le plus déshérité du royaume. Grâce à ces mesures, les jeunes filles là-bas fuient autant que les hommes la lâcheté et la niaiserie et ne veulent d'autres parures que la bienséance et la propreté. Je n'ai pas vu beaucoup de différence entre l'éducation des garçons et celle des filles [1], sinon que pour ces dernières les exercices corporels étaient moins rudes,

1. Une des idées favorites de Swift. Il ne se contentait pas d'exposer ses vues sur l'éducation des femmes de façon théorique et abstraite. Il a consacré une grande partie de sa vie à former des intelligences féminines : Stella, Vanessa, et lady Acheson furent ses disciples et même beaucoup plus que cela.

and that some rules were given them relating to domestic life, and a smaller compass of learning was enjoined them : for their maxim is, that among people of quality, a wife should be always a reasonable and agreeable companion, because she cannot always be young. When the girls are twelve years old, which among them is the marriageable age, their parents or guardians take them home, with great expressions of gratitude to the professors, and seldom without tears of the young lady and her companions.

In the nurseries of females of the meaner sort, the children are instructed in all kinds of works proper for their sex, and their several degrees : those intended for apprentices are dismissed at seven years old, the rest are kept to eleven.

The meaner families who have children at these nurseries are obliged, besides their annual pension, which is as low as possible, to return to the steward of the nursery a small monthly share of their gettings, to be a portion for the child ; and therefore all parents are limited in their expenses by the law. For the Lilliputians think nothing can be more unjust, than that people, in subservience to their own appetites, should bring children into the world, and leave the burthen of supporting them on the public.

et les programmes d'études un peu moins chargés ; mais on leur donne en revanche quelques notions d'économie domestique. Car les Lilliputiens estiment très important de former les jeunes filles de la bonne société à être des épouses sensées et de compagnie agréable, attendu qu'elles ne peuvent pas rester toujours jeunes. Lorsque les jeunes filles atteignent leur douzième année (ce qui est là-bas l'âge du mariage), leurs parents ou tuteurs les reprennent chez eux, non sans exprimer leur vive reconnaissance aux professeurs, et il est bien rare que ce départ se fasse sans quelques larmes de la jeune personne et de ses compagnes de pension.

Les collèges de filles d'un rang plus modeste initient leurs élèves à des tâches différentes, selon l'avenir qui les attend : celles qui doivent entrer en apprentissage quittent l'école à sept ans, les autres y restent jusqu'à onze.

Les familles modestes qui ont des enfants dans les collèges d'État doivent, en dehors de la pension annuelle qui est aussi modique que possible, remettre chaque mois à l'intendant une petite partie de leurs gains, destinée à constituer une dot, ce qui implique pour l'État le droit de surveiller leurs dépenses. Car les Lilliputiens pensent que rien ne serait plus injuste que de laisser les gens procréer des enfants pour satisfaire leurs instincts, en s'en remettant à la société du soin de les faire vivre [1].

---

1. Un des leitmotiv de l'œuvre de Swift : les dangers de la surpopulation. Ce thème fait l'objet de la plupart des *Tracts irlandais*. Les rues de Dublin, au XVIIIe siècle, étaient encombrées de mendiants.

As to persons of quality, they give security to appropriate a certain sum for each child, suitable to their condition; and these funds are always managed with good husbandry, and the most exact justice.

The cottagers and labourers keep their children at home, their business being only to till and cultivate the earth, and therefore their education is of little consequence to the public; but the old and diseased among them are supported by hospitals: for begging is a trade unknown in this Empire.

And here it may perhaps divert the curious reader, to give some account of my domestic, and my manner of living in this country, during a residence of nine months and thirteen days. Having a head mechanically turned, and being likewise forced by necessity, I had made for myself a table and chair convenient enough, out of the largest trees in the royal park. Two hundred sempstresses were employed to make me shirts, and linen for my bed and table, all of the strongest and coarsest kind they could get; which, however, they were forced to quilt together in several folds, for the thickest was some degrees finer than lawn. Their linen is usually three inches wide, and three foot make a piece. The sempstresses took my measure as I lay on the ground, one standing at my neck, and another at my mid leg, with a strong cord extended, that each held by the end, while the third measured the length of the cord with a rule of an inch long.

Quant aux gens de qualité, ils versent pour chaque enfant une somme qui doit lui permettre de soutenir son rang. Ces fonds sont gérés avec sagesse, et la plus grande honnêteté.

Les fermiers et les laboureurs gardent leurs enfants chez eux. Comme leur rôle se borne à cultiver la terre, l'État ne se préoccupe guère de leur instruction, mais leurs malades et leurs vieillards sont recueillis dans des hôpitaux [1], car la mendicité est un métier inconnu dans cet Empire.

Il ne sera peut-être pas sans intérêt pour la curiosité du lecteur d'avoir quelques détails sur mon installation et sur mon mode de vie dans ce pays où je séjournai neuf mois et treize jours. Poussé par la nécessité et n'ayant jamais été maladroit de mes mains, je réussis à me faire une table et une chaise assez commodes, avec les arbres les plus grands du Parc royal. Deux cents couturières furent chargées de la confection de mon linge de corps, de la literie et du linge de table. Elles prirent la toile la plus rude et la plus forte qu'elles pussent trouver et durent pourtant la mettre en trois épaisseurs, car la plus grosse était encore plus fine que la batiste. La toile, à Lilliput, se vend surtout sous forme de pièces de trois pieds de long sur deux pouces de large. Je me couchai par terre pour que les couturières pussent prendre mes mesures : l'une d'elles, juchée sur mon cou, une autre sur mon genou, tenaient tendue une corde qu'une troisième mesura avec une aune longue d'un pouce.

1. Deuxième leitmotiv de l'œuvre swiftienne : l'excellence de l'institution hospitalière. Il laissera toute sa fortune à l'hôpital psychiatrique de Dublin.

Then they measured my right thumb, and desired no more; for by a mathematical computation, that twice round the thumb is once round the wrist, and so on to the neck and the waist, and by the help of my old shirt, which I displayed on the ground before them for a pattern, they fitted me exactly. Three hundred tailors were employed in the same manner to make me clothes; but they had another contrivance for taking my measure. I kneeled down, and they raised a ladder from the ground to my neck; upon this ladder one of them mounted, and let fall a plumbline from my collar to the floor, which just answered the length of my coat; but my waist and arms I measured myself. When my clothes were finished, which was done in my house (for the largest of theirs would not have been able to hold them), they looked like the patchwork made by the ladies in England, only that mine were all of a colour.

I had three hundred cooks to dress my victuals, in little convenient huts built about my house, where they and their families lived, and prepared me two dishes apiece. I took up twenty waiters in my hand, and placed them on the table; an hundred more attended below on the ground, some with dishes of meat, and some with barrels of wine, and other liquors, slung on their shoulders; all which the waiters above drew up as I wanted, in a very ingenious manner, by certain cords, as we draw the bucket up a well in Europe. A dish of their meat was a good mouthful, and a barrel of their liquor a reasonable draught.

Ensuite, elles prirent mon tour de pouce et n'en demandèrent pas davantage. En appliquant la formule mathématique : deux tours de pouce valent un tour de poignet et ainsi de suite jusqu'au tour de cou et de taille ; en s'inspirant aussi de ma vieille chemise que j'avais étalée par terre pour leur servir de patron, elles m'habillèrent parfaitement. On m'envoya aussi trois cents tailleurs pour couper mes habits, mais ils usèrent d'un autre procédé pour prendre mes mesures : je me mis à genoux et ils appliquèrent une échelle contre ma nuque. Du haut de cette échelle, l'un des tailleurs tendit un fil à plomb, qui donna exactement la longueur de la veste — mais je mesurai moi-même les manches et le tour de taille. Ils confectionnèrent le costume chez moi, car aucune de leurs maisons n'aurait pu le contenir. Quand il fut terminé, il ressemblait à un habit d'Arlequin, avec cette différence que tous les morceaux étaient de la même couleur.

Pour préparer mes repas j'avais trois cents cuisiniers, installés avec leurs familles dans de petits logements dressés tout autour de ma maison ; chacun d'eux devait me préparer deux plats. Je prenais dans ma main vingt laquais que je posais sur la table ; cent autres attendaient en bas, avec des plats de viande ou des barils de vin ou d'autres liqueurs que l'on hissait sur la table, au fur et à mesure de mes besoins, par un système très ingénieux de cordes et de poulies comme il y en a sur les puits en Angleterre. Chacun de ces plats me faisait une bonne bouchée, et chaque baril une bonne rasade.

Their mutton yields to ours, but their beef is excellent. I have had a sirloin so large, that I have been forced to make three bits of it; but this is rare. My servants were astonished to see me eat it bones and all, as in our country we do the leg of a lark. Their geese and turkeys I usually ate at a mouthful, and I must confess they far exceed ours. Of their smaller fowl I could take up twenty or thirty at the end of my knife.

One day his Imperial Majesty, being informed of my way of living, desired that himself, and his Royal Consort, with the young Princes of the Blood of both sexes, might have the happiness (as he was pleased to call it) of dining with me. They came accordingly, and I placed 'em upon chairs of state on my table, just over-against me, with their guards about them. Flimnap the Lord High Treasurer attended there likewise, with his white staff; and I observed he often looked on me with a sour countenance, which I would not seem to regard, but ate more than usual, in honour to my dear country, as well as to fill the Court with admiration. I have some private reasons to believe, that this visit from his Majesty gave Flimnap an opportunity of doing me ill offices to his master. That Minister had always been my secret enemy, although he outwardly caressed me more than was usual to the moroseness of his nature. He represented to the Emperor the low condition of his Treasury; that he was forced to take up money at great discount;

Leur mouton ne vaut pas le nôtre, mais leur bœuf est excellent. On me servit une fois un aloyau si gros que j'en fis trois bouchées, mais ce fut exceptionnel. Mes serviteurs s'émerveillaient de me voir avaler tout, même les os, comme chez nous on croque une cuisse d'alouette. Des oies et des dindes, je ne faisais d'habitude qu'une bouchée et je dois reconnaître qu'elles sont bien supérieures aux nôtres. Quant aux menues volailles, j'en piquais jusqu'à vingt ou trente sur la pointe de mon couteau.

Un jour Sa Majesté Impériale, s'étant informée de ma manière de vivre, me demanda la faveur — ainsi qu'elle daigna le dire — d'être invitée chez moi, avec Sa Majesté la Reine et les jeunes Princes et Princesses du sang. Ils vinrent donc, et je les installai en face de moi dans des fauteuils d'apparat placés sur ma table, leurs gardes autour d'eux. Flimnap, le Grand Trésorier, était également présent, son bâton blanc à la main. Je remarquai bien qu'il me regardait d'un œil hostile, mais je fis semblant de n'en rien voir, et mangeai plus qu'à l'ordinaire, tant pour faire honneur à ma chère patrie que pour remplir la Cour d'admiration. J'ai tout lieu de penser que cette visite de Sa Majesté donna au Trésorier l'occasion de me desservir auprès de son maître. Ce Ministre avait toujours été secrètement mon ennemi, bien qu'il fît montre à mon égard d'une amabilité qui surprenait chez cet homme habituellement morose. Il rappela à Sa Majesté les difficultés de ses finances, et comment il lui fallait faire des emprunts à de gros intérêts ;

that Exchequer bills would not circulate under nine per cent below par; that I had cost his Majesty above a million and a half of *sprugs* (their greatest gold coin, about the bigness of a spangle); and upon the whole, that it would be advisable in the Emperor to take the first fair occasion of dismissing me.

I am here obliged to vindicate the reputation of an excellent Lady, who was an innocent sufferer upon my account. The Treasurer took a fancy to be jealous of his wife, from the malice of some evil tongues, who informed him that her Grace had taken a violent affection for my person, and the Courtscandal ran for some time, that she once came privately to my lodging. This I solemnly declare to be a most infamous falsehood, without any grounds, farther than that her Grace was pleased to treat me with all innocent marks of freedom and friendship. I own she came often to my house, but always publicly, nor ever without three more in the coach, who were usually her sister, and young daughter, and some particular acquaintance; but this was common to many other ladies of the Court. And I still appeal to my servants round, whether they at any time saw a coach at my door without knowing what persons were in it. On those occasions, when a servant had given me notice, my custom was to go immediately to the door; and after paying my respects, to take up the coach and two horses very carefully in my hands

que les bons du trésor étaient tombés à neuf pour cent
au-dessous du pair; et qu'en un mot j'avais déjà coûté
à Sa Majesté un million et demi de *sprugs*[1] (c'est leur
plus grosse pièce d'or, de la taille d'une paillette
ronde), de sorte qu'il serait expédient, à la première
occasion, de me congédier poliment.

Je me trouve ici dans l'obligation de défendre
l'honneur d'une dame fort distinguée, qui fut, à mon
sujet, l'innocente victime d'une calomnie : le Grand
Trésorier se mit en tête d'être jaloux de sa femme, par
la faute de quelques mauvaises langues, qui lui
rapportèrent qu'elle s'était prise de passion pour moi.
Je reconnais qu'elle venait souvent en visite. Le bruit
courut même à la Cour qu'elle était venue me voir une
fois en secret : c'est là, je le déclare solennellement, une
infâme calomnie et qui n'a d'autre fondement que les
marques innocentes de bonté et de confiance qu'elle se
plaisait à me donner. Si elle venait me rendre visite
c'était toujours au vu et au su de tous et jamais sans
être accompagnée d'au moins trois personnes, qui
étaient le plus souvent sa sœur, une de ses jeunes filles,
et une amie intime. Et d'ailleurs bien d'autres dames
de la Cour venaient me voir dans les mêmes conditions. Tous mes domestiques, de plus, pourront témoi-
gner que jamais ils n'ont vu un carrosse à ma porte
sans savoir qui s'y trouvait. Quand un laquais m'an-
nonçait quelque visite, j'avais coutume d'aller à la
porte présenter mes respects, puis je prenais délicate-
ment dans mes mains le carrosse et les deux chevaux

---

1. *Sprug* : Monnaie d'or de Lilliput. Notons que le mot *prug* est le
premier du texte lanternois de Rabelais.

(for if there were six horses, the postillion always unharnessed four), and place them on a table, where I had fixed a moveable rim quite round, of five inches high, to prevent accidents. And I have often had four coaches and horses at once on my table full of company, while I sat in my chair leaning my face towards them; and when I was engaged with one set, the coachmen would gently drive the others round my table. I have passed many an afternoon very agreeably in these conversations. But I defy the Treasurer, or his two informers (I will name them, and let 'em make their best of it), Clustril and Drunlo, to prove that any person ever came to me *incognito*, except the Secretary Reldresal, who was sent by express command of his Imperial Majesty, as I have before related. I should not have dwelt so long upon this particular, if it had not been a point wherein the reputation of a great Lady is so nearly concerned, to say nothing of my own; though I had the honour to be a *Nardac*, which the Treasurer himself is not, for all the world knows he is only a *Clumglum*, a title inferior by one degree, as that of a marquis is to a duke in England; yet I allow he preceded me in right of his post.

---

1. *Clustril* : Un mouchard. La dernière syllabe analogique de l'anglais (*nostril*, « narine »), a déjà été employée par Rabelais (le géant nommé *Widestrill*) et fait penser à un conduit évacuateur. La première, rappelant le latin *clu-o*, « j'enferme », évoque les secrets, les pensées intimes. Le mot désignerait donc celui qui est chargé de soutirer les pensées d'autrui.

Drunlo : Nom propre. Un mouchard. Sens voisin du précédent, si l'on admet que la première syllabe a les consonnes du verbe *to drain*,

(car quand il y en avait six, le cocher avait soin de dételer les autres) et les posais sur ma table, que j'avais munie au préalable d'un garde-fou amovible de cinq pouces de haut, pour prévenir tout accident. Il m'est arrivé souvent d'avoir quatre carrosses en même temps avec leurs chevaux sur ma table, ce qui faisait pas mal de monde. J'étais assis sur ma chaise et penchais mon visage vers mes visiteurs. Tandis que je conversais avec les occupants d'un carrosse, les cochers menaient les autres doucement autour de la table. J'ai passé ainsi beaucoup d'après-midi charmants, mais je défie le Grand Trésorier, ou ses deux indicateurs : les nommés Clustril et Drunlo[1] (s'ils n'aiment pas la publicité, tant pis pour eux), de prouver que personne soit jamais venu me voir incognito — sauf Reldresal, le Conseiller, et par ordre exprès de Sa Majesté, comme je l'ai conté plus haut. Je n'aurais pas donné tous ces détails s'ils n'intéressaient pas de si près la réputation d'une grande dame[2] — sans compter la mienne — car je portais alors le titre de *nardac*, que le Trésorier lui-même n'a pas. Chacun sait, en effet, qu'il n'est que *clumglum*[3], titre inférieur d'un degré à celui de *nardac*, comme *marquis* l'est à *duc* en Angleterre. Mais j'admets que sa charge lui ait donné le pas sur moi.

« drainer », et que la deuxième pourrait être l'adjectif *low*, « bas » : Celui qui soutire les secrets par en bas.

2. Aucune « clef » ne s'applique réellement à cette histoire de femmes. C'est une simple parodie des ragots de la Cour.

3. *Clumglum :* Titre de noblesse, équivalent de « marquis ». La première syllabe contient les consonnes de l'anglais *to claim* et du français (*ré*)*clamer,* auxquels le contexte nous autorise à songer.

These false informations, which I afterwards came to the knowledge of, by an accident not proper to mention, made the Treasurer show his Lady for some time an ill countenance, and me a worse; for although he were at last undeceived and reconciled to her, yet I lost all credit with him, and found my interest decline very fast with the Emperor himself, who was indeed too much governed by that favourite.

CHAPTER VII

The author being informed of a design to accuse him of high treason, makes his escape to Blefuscu. His reception there.

Before I proceed to give an account of my leaving this kingdom, it may be proper to informe the reader of a private intrigue which had been for two months forming against me.

I had been hitherto all my life a stranger to Courts, for which I was unqualified by the meanness of my condition. I had indeed heard and read enough of the dispositions of great princes and ministers; but never expected to have found such terrible effects of them in so remote a country, governed, as I thought, by very different maxims from those in Europe.

When I was just preparing to pay my attendance on the Emperor of Blefuscu, a considerable person at Court

Ces rapports mensongers, dont je n'eus connaissance que plus tard — il importe peu de savoir comment —, firent que Flimnap resta en froid avec sa femme pendant quelque temps, et avec moi-même encore bien plus longtemps. Et si en fin de compte, reconnaissant s'être trompé, il se réconcilia avec elle, je ne retrouvai jamais pour ma part son amitié, et je vis bientôt mon crédit décliner auprès de l'Empereur lui-même, dont il était le tout-puissant favori.

CHAPITRE VII

L'auteur, se sachant menacé d'un procès de haute trahison, s'échappe à Blefuscu. — L'accueil qu'il reçut en cette île.

Avant de narrer à mon lecteur comment je quittai Lilliput, il convient que je l'instruise d'un complot qui, depuis deux mois, se tramait contre moi.

Ma vie s'était jusque-là écoulée loin des Cours, d'où m'excluait mon humble condition. J'avais, il est vrai, lu et entendu bien des choses sur les caprices des grands princes et de leurs ministres — mais j'étais loin d'imaginer qu'ils puissent avoir des conséquences si terribles dans un pays si lointain, et gouverné, me semblait-il, selon des principes très différents des États d'Europe.

Alors que je faisais mes préparatifs pour rendre visite à l'Empereur de Blefuscu, un homme de haut rang à la Cour

(to whom I had been very serviceable at a time when he lay under the highest displeasure of his Imperial Majesty) came to my house very privately at night in a close chair, and whithout sending his name, desired admittance : the chairmen were dismissed; I put the chair, with his Lordship in it, into my coat-pocket; and giving orders to a trusty servant to say I was indisposed and gone to sleep, I fastened the door of my house, placed the chair on the table, according to my usual custom, and sat down by it. After the common salutations were over, observing his Lordship's countenance full of concern, and enquiring into the reason, he desired I would hear him with patience in a matter that highly concerned my honour and my life. His speech was to the following effect, for I took notes of it as soon as he left me.

You are to know, said he, that several Committees of Council have been lately called in the most private manner on your account : and it is but two days since his Majesty came to a full resolution.

You are very sensible that Skyresh Bolgolam (*Galbet,* or High Admiral) hath been your mortal enemy almost ever since your arrival. His original reasons I know not, but his hatred is much increased since your great success against Blefuscu, by which his glory, as Admiral, is obscured. This Lord, in conjunction whith Flimnap the High Treasurer, whose enmity against you is notorious on account of his Lady, Limtoc the General, Lalcon the Chamberlain,

(à qui j'avais rendu un très grand service quand il se trouvait complètement en disgrâce) vint me trouver en secret, la nuit, dans une chaise à porteurs fermée. Il demanda à se faire recevoir sans révéler son nom, et renvoya aussitôt les porteurs. Je mis dans ma poche la chaise, avec Sa Seigneurie dedans, et je fis dire par un serviteur dévoué que j'étais souffrant et que je dormais. Puis je fermai ma porte à clef, déposai la chaise sur ma table, comme d'habitude, et m'assis en face de mon visiteur. Après les compliments d'usage, je notai que son visage paraissait fort soucieux, et je lui en demandai la cause ; il me pria alors de l'écouter avec patience sur un sujet qui intéressait directement ma vie. Voici donc ce qu'il me dit, et dont je pris note après son départ :

« Il faut que vous sachiez, commença-t-il, que votre cas vient de faire l'objet de plusieurs réunions secrètes du Cabinet, mais il y a seulement deux jours que Sa Majesté a pris une décision définitive.

« Vous n'ignorez pas que Skyresh Bolgolam (le *Galbet* ou Grand Amiral) est votre mortel ennemi presque depuis le jour de votre arrivée ; je ne sais ce qui l'a poussé à l'origine, mais sa haine n'a fait que grandir avec votre victoire sur Blefuscu, dont son prestige d'amiral a souffert. C'est lui qui, de concert avec le Grand Trésorier Flimnap (qui, comme chacun sait, vous en veut à cause de sa femme), avec le Général Limtoc, le Grand Chambellan Lalcon

and Balmuff the Grand Justiciary, have prepared articles of impeachment against you, for treason, and other capital crimes.

This preface made me so impatient, being conscious of my own merits and innocence, that I was going to interrupt; when he entreated me to be silent; and thus proceeded.

Out of gratitude for the favours you have done me, I procured information of the whole proceedings, and a copy of the articles, wherein I venture my head for your service.

Articles of Impeachment against Quinbus Flestrin (*the* Man-Mountain).

ARTICLE I.

Whereas, by a statute made in the reign of his Imperial Majesty Calin Deffar Plune, it is enacted, That whoever shall make water within the precincts of the royal palace, shall be liable to the pains and penalties of high treason :

1. *Limtoc :* Anagramme de *Mil(itary) Coat,* « uniforme ».
Lalcon : Anagramme de l'anglais *No call,* « celui qui n'appelle pas », « celui qui refuse la porte ».
Balmuff : En admettant l'équivalence phonétique *u* finale muet (comme dans le *Journal à Stella : possibur/possible*), on obtient *Balmef(f),* anagramme du français (*f*) *flambe.* Mais le sens n'est guère satisfaisant. Peut-être un jeu de mots franco-anglais sur *Burnet(h),* à la fois nom propre et troisième personne du verbe *to burn,* « flamber » (?).

et le Grand Justicier Balmuff[1], a rédigé votre mise en accusation, vous inculpant de haute trahison et autres crimes punissables de mort. »

Ce préambule me fit bondir. Touché au vif dans le sentiment de mon innocence et la conscience de mes mérites, je voulus interrompre mon visiteur ; mais il me pria de le laisser poursuivre, et reprit en ces termes :

« En reconnaissance des services que vous m'avez rendus, je me suis procuré une minute des débats du Conseil, ainsi qu'une copie de l'acte d'accusation — c'est dire que je risque ma tête pour vous rendre service.

Acte d'accusation dressé
contre Quinbus Flestrin
l'homme-montagne

ARTICLE I

Nonobstant le décret pris sous le règne de Sa Majesté Impériale Calin Deffar Plune[2], comme quoi le fait d'uriner dans l'enceinte du Palais royal serait assimilé à un crime de haute trahison

---

2. *Calin deffar plune :* Le deuxième mot ressemblant fort au français *de faire,* on songe forcément à rapprocher le troisième du mot français *pluie,* et du lilliputien *peplom* (cf. note 12). Or, consonantiquement, le premier mot est le grec κολύειν, « interdire ». Nous aurions donc, selon le procédé « punique » mais en deux langues, la phrase « défense de faire pipi » que l'on retrouve à la ligne suivante du texte.

notwithstanding, the said Quinbus Flestrin, in open breach of the said law, under colour of extinguishing the fire kindled in the apartment of his Majesty's most dear Imperial Consort, did maliciously, traitorously, and devilishly, by discharge of his urine, put out the said fire kindled in the said apartment, lying and being within the precincts of the said royal palace, against the statute in that case provided, etc., against the duty, etc.

ARTICLE II.

That the said Quinbus Flestrin, having brought the imperial fleet of Blefuscu into the royal port, and being afterwards commanded by his Imperial Majesty to seize all the other ships of the said Empire of Blefuscu, and reduce that Empire to a province, to be governed by a Viceroy from hence, and to destroy and put to death not only all the Big-Endian exiles, but likewise all the people of that Empire who would not immediately forsake the Big-Endian heresy : he, the said Flestrin, like a false traitor against his most Auspicious, Serene, Imperial Majesty, did petition to be excused from the said service, upon pretence of unwillingness to force the consciences, or destroy the liberties and lives of an innocent people.

et puni comme tel, le nommé Quinbus Flestrin, en contravention audit décret, et sous couvert d'éteindre le feu qui avait pris dans les appartements de notre très aimée Dame et Maîtresse Sa Majesté l'Impératrice, a, par malice, diablerie et traîtrise, noyé ledit feu par projection de son urine, alors qu'il était et se trouvait dans l'enceinte dudit Palais royal. A l'encontre des textes régissant le cas, etc., à l'encontre des obligations, etc.

ARTICLE II

Ledit Quinbus Flestrin, ayant amené dans notre port royal la flotte impériale de Blefuscu et recevant de Sa Majesté Impériale l'ordre de s'emparer de tous les autres navires dudit Empire de Blefuscu; de réduire cet Empire à l'état de province, gouvernée par un Vice-Roi nommé par Sa Majesté; d'exterminer et de mettre à mort non seulement les exilés gros-boutiens, mais aussi tout habitant dudit Empire refusant d'abjurer sur-le-champ l'hérésie gros-boutienne, ledit Quinbus Flestrin a, par félonie et traîtrise envers Sa Sérénissime et Très Miséricordieuse Majesté Impériale, réclamé d'être dispensé dudit service, par une prétendue répugnance à contraindre les consciences et attenter à la vie ou à la liberté d'un peuple innocent.

ARTICLE III.

That, whereas certain ambassadors arrived from the Court of Blefuscu to sue for peace in his Majesty's Court : he the said Flestrin did, like a false traitor, aid, abet, comfort, and divert the said ambassadors, although he knew them to be servants to a Prince who was lately an open enemy to his Imperial Majesty, and in open war against his said Majesty.

ARTICLE IV.

That the said Quinbus Flestrin, contrary to the duty of a faithful subject, is now preparing to make a voyage to the Court and Empire of Blefuscu, for which he hath received only verbal licence from his Imperial Majesty ; and under colour of the said licence, doth falsely and traitorously intend to take the said voyage, and thereby to aid, comfort, and abet the Emperor of Blefuscu, so late an enemy, and in open war with his Imperial Majesty aforesaid.

There are some other articles, but these are the most important, of which I have read you an abstract.

1. Ce point de l'accusation est en réalité une défense de Bolingbroke, qui, selon Swift et ses amis tories, n'aurait rien eu d'autre à se reprocher que son amabilité pour le duc d'Aumont, ambassadeur de Louis XIV. En réalité, les diplomates français

ARTICLE III

Certains ambassadeurs étant venus de la Cour de Blefuscu à la Cour de Sa Majesté pour obtenir la paix, ledit Quinbus Flestrin a, par félonie et traîtrise, aidé, assisté, reçu et diverti lesdits ambassadeurs, nonobstant leur qualité de serviteurs d'un prince récemment en guerre ouverte et hostilités déclarées contre Sa Majesté l'Empereur, et en pleine connaissance de cause[1].

ARTICLE IV

Ledit Quinbus Flestrin a, contrairement au devoir d'un fidèle sujet, fait des préparatifs pour se rendre à la Cour de Blefuscu, bien qu'il n'ait reçu de Sa Majesté Impériale qu'une permission orale, et a l'intention, au cours de ce voyage, d'utiliser par fausseté et traîtrise ladite permission orale pour aider, encourager et assister l'Empereur de Blefuscu, récemment en guerre et hostilités déclarées contre Sa Majesté Impériale.

« Il y a encore quelques articles, mais ce sont les plus importants dont je vous ai lu l'abrégé.

intriguaient à Londres contre les Hanovriens et pour les Stuarts. Bolingbroke s'enfuit finalement en France pour rejoindre le prétendant.

In the several debates upon this impeachment, it must be confessed that his Majesty gave many marks of his great *lenity*, often urging the services you had done him, and endeavouring to extenuate your crimes. The Treasurer and Admiral insisted that you should be put to the most painful and ignominious death, by setting fire on your house at night, and the General was to attend with twenty thousand men armed with poisoned arrows to shoot you on the face and hands. Some of your servants were to have private orders to strew a poisonous juice on your shirts and sheets, which would soon make you tear your own flesh, and die in the utmost torture. The General came into the same opinion, so that for a long time there was a majority against you. But his Majesty resolving, if possible, to spare your life, at last brought off the Chamberlain.

Upon this incident, Reldresal, Principal Secretary for Private Affairs, who always approved himself your true friend, was commanded by the Emperor to deliver his opinion, which he accordingly did; and therein justified the good thoughts you have of him. He allowed your crimes to be great, but that still there was room for mercy, the most commendable virtue in a prince, and for which his Majesty was so justly celebrated. He said, the friendship between you and him was so well known to the world, that perhaps the most honourable Board might think him partial: however, in obedience to the command he had received, he would freely offer his sentiments.

« Il faut reconnaître que, dans les débats sur votre mise en accusation, Sa Majesté a donné de nombreuses preuves de sa grande *magnanimité,* en rappelant souvent les services que vous lui aviez rendus, et en tâchant de diminuer la gravité de vos crimes. Le Grand Trésorier et le Grand Amiral voulaient qu'on vous infligeât une mort ignominieuse et très cruelle, par exemple en mettant le feu à votre demeure pendant la nuit, et en la faisant cerner par le Général à la tête de vingt mille hommes prêts à cribler de flèches empoisonnées votre visage et vos mains. On proposait aussi de verser à votre insu sur vos draps et votre linge un suc vénéneux qui vous eût tôt fait mourir en éprouvant des souffrances atroces et en lacérant vos chairs de vos propres ongles. Le Général se rangea à cet avis, de sorte que la majorité se trouva longtemps contre vous. Mais Sa Majesté, résolue à vous sauver la vie, finit par gagner le suffrage du Grand Chambellan.

Là-dessus, l'Empereur interrogea un de vos bons amis de toujours : Reldresal, le Premier Conseiller pour les Affaires privées. Celui-ci donna son avis, et se montra, une fois de plus, digne de l'estime que vous lui portez. Il reconnaissait toute la gravité de vos crimes, mais n'en fit pas moins appel à la clémence, vertu louable entre toutes chez un prince, et pour laquelle Sa Majesté est si justement célèbre. Il ajouta que l'amitié qui vous unissait tous les deux était si bien connue de tous que le Conseil pourrait peut-être le croire prévenu en votre faveur, mais que néanmoins, obéissant à l'ordre reçu, il donnerait son avis en toute franchise.

That if his Majesty, in consideration of your services, and pursuant to his own merciful disposition, would please to spare your life, and only give order to put out both your eyes, he humbly conceived, that by this expedient justice might in some measure be satisfied, and all the world would applaud the *lenity* of the Emperor, as well as the fair and generous proceedings of those who have the honour to be his counsellors. That the loss of your eyes would be no impediment to your bodily strength, by which you might still be useful to his Majesty. That blindness is an addition to courage, by concealing dangers from us; that the fear you had for your eyes, was the greatest difficulty in bringing over the enemy's fleet, and it would be sufficient for you to see by the eyes of the Ministers, since the greatest princes do no more.

This proposal was received with the utmost disapprobation by the whole Board. Bolgolam, the Admiral, could not preserve his temper; but rising up in fury, said, he wondered how the Secretary durst presume to give his opinion for preserving the life of a traitor : that the services you had performed were, by all true reasons of state, the great aggravation of your crimes; that you, who were able to extinguish the fire, by discharge of urine in her Majesty's apartment (which he mentioned with horror), might, at another time, raise an inundation by the same means, to drown the whole palace;

Si donc Sa Majesté, en considération des services que vous aviez rendus, et suivant sa pente naturelle, qui était la bonté et l'indulgence, daignait vous faire grâce de la vie, et se contentait de vous faire arracher les deux yeux, Elle se permettrait de croire que, grâce à cet expédient, la justice se trouverait en partie satisfaite, et le monde entier célèbrerait la *magnanimité* de l'Empereur, ainsi que le jugement équitable et généreux de ceux qui ont l'honneur d'être ses conseillers ; que d'autre part la perte de vos yeux ne nuirait en rien à votre force, qui pourrait toujours être utilisée au service de Sa Majesté ; que la cécité n'exclut pas non plus la bravoure, bien au contraire, puisqu'elle dérobe les dangers à nos yeux ; d'ailleurs c'était précisément la crainte de devenir aveugle qui vous avait le plus paralysé au cours de votre expédition contre la flotte ennemie ; et qu'enfin vous n'aviez nul besoin de voir par d'autres yeux que par les yeux des Ministres, puisque même les plus grands Princes en sont là.

« Cette proposition ne recueillit qu'une désapprobation générale. L'Amiral Bolgolam ne put garder son sang-froid, et transporté de fureur, se leva, et prit la parole : il demandait comment le Conseiller osait intervenir pour défendre la vie d'un traître, affirmant que les services que vous aviez rendus, si l'on tenait compte de la raison d'État, augmentaient la gravité de vos crimes ; que si vous étiez capable d'éteindre un incendie en arrosant d'urine les appartements de l'Impératrice (attentat qu'il ne pouvait rappeler sans frémir d'horreur), vous pourriez aussi bien, quelque autre jour, et de la même façon, noyer tout le Palais impérial ;

and the same strength which enabled you to bring over the enemy's fleet, might serve, upon the first discontent, to carry it back : that he had good reasons to think you were a Big-Endian in your heart; and as treason begins in the heart before it appears in overt acts, so he accused you as a traitor on that account, and therefore insisted you should be put to death.

The Treasurer was of the same opinion; he showed to what straits his Majesty's revenue was reduced by the charge of maintaining you, which would soon grow insupportable : that the Secretary's expedient of putting out your eyes was so far from being a remedy against this evil, that it would probably increase it, as it is manifest from the common practice of blinding some kind of fowl, after which they fed the faster, and grew sooner fat : that his sacred Majesty, and the Council, who are your judges, were in their own consciences fully convinced of your guilt, which was a sufficient argument to condemn you to death, without the *formal proofs required by the strict letter of the law*.

But his Imperial Majesty, fully determined against capital punishment, was graciously pleased to say, that since the Council thought the loss of your eyes too easy a censure, some other may be inflicted hereafter. And your friend the Secretary humbly desiring to be heard again, in answer to what the Treasurer had objected concerning the great charge his Majesty was at in maintaining you,

que cette force même qui vous avait permis de capturer la flotte ennemie, vous permettrait, au premier sujet de mécontentement, de la ramener dans leur port ; qu'enfin, il avait tout lieu de croire que, dans votre cœur, vous étiez un Gros-Boutien ; et que, comme c'est dans le cœur que grandit la trahison avant de se révéler par des actes, il vous déclarait donc traître, et à ce titre requérait contre vous la peine de mort.

« Le Trésorier était de son avis. Il montra que votre entretien représentait pour les finances de Sa Majesté une charge très pénible, et qui serait à la longue écrasante ; que la solution de vous crever les yeux, préconisée par le Conseiller, loin d'être satisfaisante, ne ferait sans doute qu'aggraver le cas, à preuve cette pratique des éleveurs qui crèvent les yeux de leurs volailles pour leur donner plus d'appétit, et les engraisser plus vite ; que Sa Très Auguste Majesté ainsi que tous les conseillers qui constituaient votre tribunal étaient dans leur conscience pleinement convaincus de votre culpabilité, ce qui était une raison suffisante pour vous condamner à mort, même sans tenir les *preuves formelles qu'exigerait la loi, si on la voulait suivre à la lettre.*

« Mais Sa Majesté Impériale, qui ne voulait absolument pas de votre exécution, eut la grande bonté d'exprimer l'opinion que, si la privation de vos yeux était considérée comme une peine trop légère, on pourrait lui en adjoindre une autre. Alors votre ami le Conseiller redemanda humblement la parole, et, puisque le Trésorier de Sa Majesté s'était plaint de la très lourde charge que vous représentiez,

said, that his Excellency, who had the sole disposal of the Emperor's revenue, might easily provide against this evil, by gradually lessening your establishment; by which, for want of sufficient food, you would grow weak and faint, and lose your appetite, and consequently decay and consume in a few months; neither would the stench of your carcass be then so dangerous, when it should become more than half diminished; and immediately upon your death, five or six thousand of his Majesty's subjects might, in two or three days, cut your flesh from your bones, take it away by cartloads, and bury it in distant parts to prevent infection, leaving the skeleton as a monument of admiration to posterity.

Thus by the great friendship of the Secretary, the whole affair was compromised. It was strictly enjoined, that the project of starving you by degrees should be kept a secret, but the sentence of putting out your eyes was entered on the books; none dissenting except Bolgolam the Admiral, who being a creature of the Empress, was perpetually instigated by her Majesty to insist upon your death, she having borne perpetual malice against you, on account of that infamous and illegal method you took to extinguish the fire in her apartment.

In three days your friend the Secretary will be directed to come to your house, and read before you the articles of impeachment; and then to signify the great *lenity* and favour of his Majesty and Council,

il fit ressortir qu'il n'était pas difficile à Son Excellence, qui gère à lui tout seul les biens de l'Empereur, de remédier à cet état de choses, en diminuant peu à peu vos rations : ainsi, faute de nourriture, vous vous affaibliriez progressivement; bientôt, vous perdriez tout à fait l'appétit; et, en quelques mois, vous seriez mort. La décomposition de votre cadavre serait alors beaucoup moins dangereuse, puisque votre volume aurait diminué au moins de la moitié. D'ailleurs, aussitôt après votre mort, cinq ou six mille sujets de Sa Majesté pourraient très bien en deux ou trois jours nettoyer vos os de leur chair, et transporter celle-ci dans des charrettes pour aller l'enterrer au loin; on éviterait ainsi tout risque d'épidémie, mais on conserverait le squelette comme un objet d'admiration pour les générations à venir.

« Ainsi, grâce à la grande amitié que vous porte le Conseiller, toute l'affaire s'est conclue par un compromis. On décida de maintenir absolument secret le projet de vous faire mourir peu à peu d'inanition, mais la décision de vous crever les yeux demeure au procès-verbal. Il n'y eut pas d'autre opposition que celle de l'amiral Bolgolam, qui est une créature de l'Impératrice et qui n'a pas cessé de réclamer votre mort. C'est elle qui le pousse bien sûr, car elle ne vous pardonnera jamais l'infâme et illégal procédé que vous avez employé pour éteindre l'incendie de ses appartements.

« Dans trois jours, donc, votre ami le Conseiller sera mandé officiellement pour vous lire l'acte d'accusation, puis il vous notifiera la mesure d'*indulgence* et la grande faveur dont vous êtes l'objet, de la part de Sa Majesté et de son Conseil,

whereby you are only condemned to the loss of your eyes, which his Majesty doth not question you will gratefully and humbly submit to; and twenty of his Majesty's surgeons will attend, in order to see the operation well performed, by discharging very sharp-pointed arrows into the balls of your eyes, as you lie on the ground.

I leave to your prudence what measures you will take; and to avoid suspicion, I must immediately return in as private a manner as I came.

His Lordship did so, and I remained alone, under many doubts and perplexities of mind.

It was a custom introduced by this Prince and his Ministry (very different, as I have been assured, from the practices of former times), that after the Court had decreed any cruel execution, either to gratify the monarch's resentment, or the malice of a favourite, the Emperor always made a speech to his whole Council, expressing his *great lenity and tenderness, as qualities known and confessed by all the world.* This speech was immediately published through the kingdom; nor did anything terrify the people so much as those encomiums on his Majesty's mercy; because it was observed, that the more these praises were enlarged and insisted on, the more *inhuman* was the punishment, and the *sufferer more innocent.*

et qui vous vaut de n'être condamné qu'à la perte de la vue ; Sa Majesté ne doute pas que vous vous soumettrez à cet arrêt avec humilité et reconnaissance, et vingt chirurgiens de Sa Majesté seront chargés de veiller à ce qu'il s'exécute bien. On vous priera donc de vous coucher à terre, et on tirera dans vos prunelles des flèches particulièrement bien aiguisées.

« Je laisse à votre prudence le soin de décider ce qui vous reste à faire. Quant à moi, il faut que je m'en retourne sur l'heure, et aussi discrètement que je suis venu, sinon j'éveillerais les soupçons. »

Il s'en alla donc et je restai tout seul, l'esprit rempli d'angoisse et de perplexité.

L'Empereur d'alors et ses Ministres avaient mis en usage un étrange procédé, dont on m'assura qu'il était bien opposé à toutes les traditions anciennes. Chaque fois que la Cour dictait quelque sentence cruelle, pour assouvir la rancune du Prince ou la haine d'un favori, l'Empereur faisait un discours en séance plénière du Conseil. Il y parlait de sa *bonté d'âme et de sa douceur, comme de vertus que le monde entier se plaisait à reconnaître.* Ce discours était aussitôt publié dans tout le Royaume, et rien ne terrifiait autant la population que ces panégyriques de la clémence royale, car on avait remarqué que de tels éloges étaient d'autant plus outrés que la sentence était plus *inhumaine* et la *victime plus innocente* [1].

---

1. Allusion fort claire à la proclamation faite par George Ier en 1714, et suivie en avril 1715 par le « Riot Act » ou lois sur l'ordre public, assimilant à la félonie tout désordre dans les rues, ce qui permit de réprimer férocement les mouvements antihanovriens de 1715.

Yet, as to myself, I must confess, having never been designed for a courtier either by my birth or education, I was so ill a judge of things, that I could not discover the *lenity* and favour of this sentence, but conceived it (perhaps erroneously) rather to be rigorous than gentle. I sometimes thought of standing my trial, for although I could not deny the facts alleged in the several articles, yet I hoped they would admit of some extenuations. But having in my life perused many state trials, which I ever observed to terminate as the judges thought fit to direct, I durst not rely on so dangerous a decision, in so critical a juncture, and against such powerful enemies. Once I was strongly bent upon resistance, for while I had liberty, the whole strength of that Empire could hardly subdue me, and I might easily with stones pelt the metropolis to pieces; but I soon rejected that project with horror, by remembering the oath I had made to the Emperor, the favours I received from him, and the high title of *Nardac* he conferred upon me. Neither had I so soon learned the gratitude of courtiers, to persuade myself that his Majesty's *present severities acquitted me of all past obligations.*

At last I fixed upon a resolution, for which it is probable I may incur some censure, and not unjustly; for I confess I owe the preserving mine eyes, and consequently my liberty,

Quant à moi, je dois avouer que n'étant préparé ni par ma naissance ni par mon éducation à être courtisan, j'étais si mauvais juge en la matière que je ne sus discerner la *douceur* ni la bienveillance de la sentence qui me frappait. J'avais l'impression (trompeuse peut-être) qu'elle n'était pas si douce que cela. L'idée m'effleura d'abord de laisser mon procès avoir lieu. Car si les faits reprochés aux différents articles étaient patents, j'espérais, en tout cas, pouvoir plaider les circonstances atténuantes. Mais comme j'avais, dans ma vie, suivi de près le déroulement de plusieurs procès politiques, et remarqué que les sentences y étaient toujours celles que les juges avaient d'avance en tête, je n'osai pas m'en tenir à une décision si risquée en des circonstances si critiques, et en face d'ennemis si puissants. J'eus un moment la tentation de faire un coup de force ; et certes, tant que j'avais ma liberté de mouvement, toute l'armée du Royaume n'eût pas suffi à me réduire et il m'aurait été très facile de démolir à coups de pierres toute leur capitale. Mais je rejetai ce projet avec horreur, me rappelant le serment que j'avais fait à l'Empereur, les faveurs que j'avais reçues de lui, et ce haut titre de *Nardac* qu'il m'avait conféré. Et puis je n'avais pas appris si vite la gratitude courtisane : je ne pouvais me persuader qu'à cause des *rigueurs présentes de Sa Majesté, j'étais quitte de toute obligation envers Elle.*

La décision que je pris en fin de compte me vaudra sans doute quelques reproches, qui ne seront pas immérités ; car, je le confesse, ce fut par un effet de mon irréflexion et de mon manque d'expérience que je choisis de sauver mes yeux, et par conséquent ma liberté.

to my own great rashness and want of experience : because if I had then known the nature of princes and ministers, which I have since observed in many other courts, and their methods of treating criminals less obnoxious than myself, I should with great alacrity and readiness have submitted to so *easy* a punishment. But hurried on by the precipitancy of youth, and having his Imperial Majesty's licence to pay my attendance upon the Emperor of Blefuscu, I took this opportunity, before the three days were elapsed, to send a letter to my friend the Secretary, signifying my resolution of setting out that morning for Blefuscu pursuant to the leave I had got; and without waiting for an answer, I went to that side of the island where our fleet lay. I seized a large man-of-war, tied a cable to the prow, and lifting up the anchors, I stripped myself, put my clothes (together with my coverlet, which I carried under my arm) into the vessel, and drawing it after me between wading and swimming, arrived at the royal port of Blefuscu, where the people had long expected me; they lent me two guides to direct me to the capital city, which is of the same name. I held them in my hands till I came within two hundred yards of the gate, and desired them to signify my arrival to one of the Secretaries, and let him know, I there waited his Majesty's commands. I had an answer in about an hour, that his Majesty, attended by the Royal Family, and great officers of the Court, was coming out to receive me.

De fait, si j'avais su alors à quoi il fallait s'attendre, avec les princes et les ministres, tels que je les ai observés plus tard dans d'autres Cours, si j'avais su quels traitements ils savent infliger à des criminels moins haïssables que moi, je me serais aussitôt soumis, et avec joie, à une peine si douce. Mais je me laissai emporter par la fougue de la jeunesse, et comme j'avais l'autorisation de Sa Majesté de rendre visite à l'Empereur de Blefuscu, je voulus mettre cette chance à profit dans les trois jours qui précédaient mon exécution. J'envoyai donc une lettre à mon ami le Conseiller, lui annonçant que je partais le matin même pour Blefuscu, ainsi que j'en avais la permission. Sans attendre la réponse, je me dirigeai vers le point de la côte où était notre flotte. Je choisis un gros vaisseau de guerre, attachai un câble à sa proue, sortis de l'eau ses ancres, et, après m'être dévêtu, le chargeai de mes habits, ainsi que de mon couvre-lit que j'avais emporté sous mon bras. Puis tantôt marchant dans l'eau, tantôt nageant, je le remorquai jusqu'au port royal de Blefuscu, où la foule m'attendait depuis un grand moment. On me donna deux guides pour me conduire jusqu'à la capitale (qui porte le même nom que l'île) ; je les pris dans mes mains jusqu'à cent toises des portes de la ville, où je les priai d'aller annoncer mon arrivée à un des Secrétaires d'État, et de lui faire savoir que j'attendrais sur place les ordres de Sa Majesté. On me fit répondre, une heure plus tard, que Sa Majesté, accompagnée de la famille royale et des grands officiers de la Cour, avait quitté le Palais pour venir me recevoir.

I advanced a hundred yards. The Emperor, and his train, alighted from their horses, the Empress and ladies from their coaches, and I did not perceive they were in any fright or concern. I lay on the ground to kiss his Majesty's and the Empress's hand. I told his Majesty that I was come according to my promise, and with the licence of the Emperor my master, to have the honour of seeing so mighty a monarch, and to offer him any service in my power, consistent with my duty to my own prince; not mentioning a word of my disgrace, because I had hitherto no regular information of it, and might suppose myself wholly ignorant of any such design; neither could I reasonably conceive that the Emperor would discover the secret while I was out of his power : wherein, however, it soon appeared I was deceived.

I shall not trouble the reader with the particular account of my reception at this Court, which was suitable to the generosity of so great a prince; nor of the difficulties I was in for want of a house and bed, being forced to lie on the ground, wrapped up in my coverlet.

Je fis à leur rencontre une centaine de yards : l'Empereur et son escorte descendirent de cheval, l'Impératrice et ses suivantes de leur carrosse, sans montrer à ma vue ni frayeur ni appréhension. Je m'étendis à terre pour baiser la main de l'Empereur et celle de l'Impératrice. Je dis à Sa Majesté que j'étais venu selon ma promesse, et avec le consentement de mon Maître et Empereur, pour avoir l'honneur de voir un monarque si puissant et lui offrir tous les services que je pourrais lui rendre et que me permettrait mon allégeance à mon propre suzerain. Mais de ma disgrâce, je ne dis mot ; car je n'en avais pas eu jusque-là la notification officielle, et pouvais faire comme si je n'en savais rien. L'idée ne m'effleurait même pas d'ailleurs que l'Empereur irait en révéler le secret tant que je serais hors de sa portée ; ce en quoi je vis bientôt que je m'étais trompé.

Je n'ennuierai pas le lecteur par une description minutieuse de ma réception à la Cour, qui fut digne en tout point de la générosité d'un si grand monarque. Passons aussi sur l'embarras où je fus de n'avoir ni toit ni couche, et de devoir dormir sur le sol, enroulé dans mon couvre-lit.

CHAPTER VIII

The author, by a lucky accident, finds means to leave Blefuscu; and, after some difficulties, returns safe to his native country.

Three days after my arrival, walking out of curiosity to the north-east coast of the island, I observed, about half a league off, in the sea, somewhat that looked like a boat overturned. I pulled off my shoes and stockings, and wading two or three hundred yards, I found the object to approach nearer by force of the tide, and then plainly saw it to be a real boat, which I supposed might, by some tempest, have been driven from a ship; whereupon I returned immediately towards the city, and desired his Imperial Majesty to lend me twenty of the tallest vessels he had left after the loss of his fleet, and three thousand seamen under the command of his Vice-Admiral. This fleet sailed round, while I went back the shortest way to the coast where I first discovered the boat; I found the tide had driven it still nearer. The seamen were all provided with cordage, which I had beforehand twisted to a sufficient strength. When the ships came up, I stripped myself, and waded till I came within an hundred yards of the boat, after which I was forced to swim till I got up to it.

CHAPITRE VIII

L'auteur, par un heureux hasard, trouve le moyen de quitter Blefuscu, et, après quelques difficultés, retourne sain et sauf dans sa patrie.

Trois jours après mon arrivée, je me promenais par curiosité le long de la côte nord-ouest de l'île, quand j'aperçus dans la mer, à une demi-lieue environ, quelque chose qui ressemblait à un bateau retourné. Ayant retiré mes bas et mes souliers, et m'étant avancé de deux ou trois cents yards dans la mer avec de l'eau jusqu'à mi-jambes, je vis l'objet se rapprocher de plus en plus, poussé par la marée, et je distinguai alors très nettement que c'était une chaloupe de gros navire, probablement jetée à la mer par un coup de vent. Là-dessus je retournai en hâte à la ville, et priai Sa Majesté de bien vouloir mettre à ma disposition vingt des plus grosses unités que comptait encore sa flotte et trois mille marins sous la conduite du Vice-Amiral. Cette escadre fit voile autour de l'île tandis que je regagnais par le plus court chemin le point de la côte où j'avais aperçu la chaloupe, et je constatai que la marée l'avait encore rapprochée. Les câbles qu'emportaient les marins avaient la force voulue : je les avais tressés moi-même à l'avance. Quand les navires eurent rallié, j'entrai dans l'eau. Je pus marcher jusqu'à cent yards de l'épave, après quoi je dus me mettre à la nage.

The seamen threw me the end of the cord, which I fastened to a hole in the fore-part of the boat, and the other end to a man-of-war : but I found all my labour to little purpose; for being out of my depth, I was not able to work. In this necessity, I was forced to swim behind, and push the boat forwards as often as I could, with one of my hands; and the tide favouring me, I advanced so far, that I could just hold up my chin and feel the ground. I rested two or three minutes, and then gave the boat another shove, and so on till the sea was no higher than my armpits; and now the most laborious part being over, I took out my other cables, which were stowed in one of the ships, and fastening them first to the boat, and then to nine of the vessels which attended me; the wind being favourable, the seamen towed, and I shoved till we arrived within forty yards of the shore, and waiting till the tide was out, I got dry to the boat, and by the assistance of two thousand men, with ropes and engines, I made a shift to turn it on its bottom, and found it was but little damaged.

I shall not trouble the reader with the difficulties I was under by the help of certain paddles, which cost me ten days making, to get my boat to the royal port of Blefuscu, where a mighty concourse of people appeared upon my arrival, full of wonder at the sight of so prodigious a vessel. I told the Emperor, that my good fortune had thrown this boat in my way, to carry me to some place from whence I might return into my native country,

Les marins me lancèrent alors une corde dont je passai un bout par un trou situé à l'avant de la chaloupe et attachai l'autre à un vaisseau de guerre. Mais tant que je n'avais pas pied, je ne pouvais pas grand-chose et perdais beaucoup de mes efforts. J'en étais réduit à nager derrière la chaloupe en lui donnant de temps en temps une poussée de la main. Cependant la marée me ramenait peu à peu vers les hauts-fonds de la côte; je sentis enfin le sol sous mes pieds, et me reposai deux ou trois minutes, avec de l'eau jusqu'au menton. Encore quelques poussées à la chaloupe, et l'eau ne m'atteignait plus que jusqu'aux aisselles. Le plus dur était fait. Je pris alors sur le vaisseau qui les transportait les autres câbles que je fixai à la chaloupe. Je pus ainsi la faire remorquer par neuf des navires qui étaient à ma disposition. Le vent était alors favorable; les marins tiraient, moi je poussais, et nous parvînmes ainsi à quarante yards du rivage. Il nous suffisait d'attendre que la marée baissât, pour que le bateau se retrouvât à sec. Avec l'aide de deux mille hommes, et à grand renfort de cordes et de palans, je le remis sur sa quille. Je constatai alors qu'il était en assez bon état.

Je ne vais pas raconter au lecteur tout le mal que j'eus, d'abord à me fabriquer des avirons, qui me coûtèrent dix jours de travail, puis à rentrer par mer dans le port de Blefuscu, où la vue d'un bateau si prodigieusement grand emplit d'émerveillement les foules accourues au spectacle de mon arrivée. Ma bonne fortune, qui m'avait envoyé ce bateau, dis-je plus tard à l'Empereur, voulait me ramener à quelque bord, d'où je puisse ensuite retourner dans ma patrie;

and begged his Majesty's orders for getting materials to fit it up, together with his licence to depart; which, after some kind expostulations, he was pleased to grant.

I did very much wonder, in all this time, not to have heard of an express relating to me from our Emperor to the Court of Blefuscu. But I was afterwards given privately to understand, that his Imperial Majesty, never imagining I had the least notice of his designs, believed I was only gone to Blefuscu in performance of my promise, according to the licence he had given me, which was well known at our Court, and would return in a few days when that ceremony was ended. But he was at last in pain at my long absence; and, after consulting with the Treasurer, and the rest of that Cabal, a person of quality was dispatched with the copy of the articles against me. This envoy had instructions to represent to the monarch of Blefuscu the great *lenity* of his master, who was content to punish me no further than with the loss of mine eyes; that I had fled from justice, and if I did not return in two hours, I should be deprived of my title of *Nardac*, and declared a traitor. The envoy further added, that in order to maintain the peace and amity between both Empires, his master expected, that his brother of Blefuscu would give orders to have me sent back to Lilliput, bound hand and foot, to be punished as a traitor.

je le suppliai donc de bien vouloir me fournir l'équipement nécessaire, et de m'autoriser à prendre congé, ce qu'après quelques protestations fort courtoises, il se plut à m'accorder.

A ma grande surprise tout ce temps avait passé sans que l'Empereur de Lilliput eût soufflé mot de moi à la Cour de Blefuscu. Je ne sus que plus tard la cause de son silence : Sa Majesté Impériale, bien loin de soupçonner que j'avais eu vent de ses projets, me croyait simplement parti pour tenir ma promesse, comme il m'y avait autorisé (et comme la Cour [1] le savait fort bien). Il pensait donc que j'allais revenir au bout de quelques jours, une fois la formalité remplie. Mais il finit par s'inquiéter de ma longue absence, et, sur l'avis du Trésorier et de toute sa camarilla, il dépêcha à Blefuscu un haut personnage, avec la copie de l'acte d'accusation dressé contre moi. Ce messager avait mission de faire valoir auprès du monarque la grande *générosité* de son maître, qui ne voulait pas m'infliger d'autre peine que la perte de mes yeux, de me représenter comme un contumax, et de le prévenir que si je ne revenais pas dans les deux heures je serais déclaré coupable de haute trahison et privé de mon titre de *Nardac*. Il ajouta que, dans l'intérêt de la paix et de l'amitié entre les deux Empires, son maître espérait que son frère de Blefuscu donnerait l'ordre de me ramener à Lilliput, pieds et poings liés, pour y recevoir mon châtiment.

---

1. Dans tous ses ouvrages politiques, quand Swift dit « la Cour », cela signifie « le gouvernement ».

The Emperor of Blefuscu, having taken three days to consult, returned an answer consisting of many civilities and excuses. He said, that as for sending me bound, his brother knew it was impossible; that although I had deprived him of his fleet, yet he owed great obligations to me for many good offices I had done him in making the peace. That however both their Majesties would soon be made easy; for I had found a prodigious vessel on the shore, able to carry me on the sea, which he had given order to fit up with my own assistance and direction, and he hoped in a few weeks both Empires would be freed from so insupportable an incumbrance.

With this answer the envoy returned to Lilliput, and the Monarch of Blefuscu related to me all that had passed, offering me at the same time (but under the strictest confidence) his gracious protection, if I would continue in his service; wherein although I believed him sincere, yet I resolved never more to put any confidence in princes or ministers, where I could possibly avoid it; and therefore, with all due acknowledgements for his favourable intentions, I humbly begged to be excused. I told him, that since Fortune, whether good or evil, had thrown a vessel in my way, I was resolved to venture myself in the ocean, rather than be an occasion of difference between two such mighty monarchs. Neither did I find the Emperor at all displeased; and I discovered by a certain accident, that he was very glad of my resolution, and so were most of his Ministers.

L'Empereur de Blefuscu mit l'affaire en délibéré pendant trois jours ; puis il envoya une lettre pleine de civilités et de bonnes raisons : on ne pouvait, disait-il, songer à me renvoyer ligoté, son frère n'ignorait pas que c'était irréalisable. J'avais d'autre part de grands titres à sa gratitude, bien que je l'eusse privé de sa flotte, pour tous les bons offices que je lui avais rendus au moment du traité de paix. D'ailleurs ils allaient bientôt pouvoir respirer l'un et l'autre, car j'avais découvert sur le rivage un vaisseau prodigieusement grand et capable de me porter sur la mer. Il faisait remettre ce navire en état, avec mon aide et selon mes directives ; il espérait donc que, dans quelques semaines, les deux Empires seraient débarrassés de la charge intolérable que j'étais pour eux.

Le messager s'en retourna à Lilliput avec cette réponse et l'Empereur de Blefuscu me mit au courant de toute l'affaire. En même temps et en très grand secret, il m'offrit sa gracieuse protection, si je voulais rester à son service. Bien qu'il me parût sincère à ce moment-là, j'étais bien résolu à ne plus jamais me remettre entre les mains d'un prince ou d'un ministre tant que je n'y serais pas absolument forcé. Aussi, tout en le remerciant beaucoup de cette marque de faveur, je le priai humblement de m'excuser. Puisque le sort, pour mon salut, ou pour ma perte, avait voulu que je trouvasse une embarcation, j'étais résolu (lui dis-je), à m'aventurer sur les flots, plutôt que d'être le sujet d'un différend entre deux si puissants monarques. L'Empereur ne m'en parut pas du tout fâché, et je sus plus tard qu'il avait été fort aise de ma résolution, ainsi que la plupart de ses Ministres.

These considerations moved me to hasten my departure somewhat sooner than I intended; to which the Court, impatient to have me gone, very readily contributed. Five hundred workmen were employed to make two sails to my boat, according to my directions, by quilting thirteen fold of their strongest linen together. I was at the pains of making ropes and cables, by twisting ten, twenty or thirty of the thickest and strongest of theirs. A great stone that I happened to find, after a long search by the seashore, served me for an anchor. I had the tallow of three hundred cows for greasing my boat, and other uses. I was at incredible pains in cutting down some of the largest timber-trees for oars and masts, wherein I was, however, much assisted by his Majesty's shipcarpenters, who helped me in smoothing them, after I had done the rough work.

In about a month, when all was prepared, I sent to receive his Majesty's commands, and to take my leave. The Emperor and Royal Family came out of the palace; I lay down on my face to kiss his hand, which he very graciously gave me; so did the Empress, and young Princes of the Blood. His Majesty presented me with fifty purses of two hundred *sprugs* apiece, together with his picture at full length, which I put immediately into one of my gloves, to keep it from being hurt. The ceremonies at my departure were too many to trouble the reader with at this time.

Ces considérations me poussèrent à avancer quelque peu la date de mon embarquement, et la Cour, impatiente de me voir partir, me prêta toute l'aide désirable. Cinq cents ouvriers travaillèrent sous ma direction à confectionner les deux voiles de mon bateau, en treize épaisseurs de leur toile la plus forte. Je me chargeai moi-même du très gros travail des cordages et tressai ensemble dix, vingt ou trente de leurs câbles les plus épais. J'utilisai comme ancre une très lourde pierre que j'eus la chance de découvrir sur la côte, après une longue recherche ; et j'eus besoin du suif de trois cents bœufs pour graisser mon bateau et pour divers usages. Le plus dur fut d'abattre les arbres, choisis parmi les plus grands du pays, qui devaient fournir les mâts et les rames. Mais dans ce travail je fus efficacement secondé par les charpentiers de la marine royale, qui mettaient partout la dernière main, ne me laissant que le gros œuvre.

Quand tout fut prêt, au bout d'un mois, je fis dire à Sa Majesté que je n'attendais plus que ses ordres pour prendre congé d'Elle. L'Empereur sortit du Palais, accompagné de la famille royale. Je m'étendis à terre pour baiser la main qu'il daigna me tendre, comme firent après lui l'Impératrice et les jeunes Princes du sang. Sa Majesté me fit présent de cinquante bourses contenant chacune deux cents *sprugs,* ainsi que de son portrait en pied que je mis aussitôt dans mon gant, pour être sûr de ne pas l'abîmer. Les cérémonies d'adieu furent trop compliquées pour que j'en impose le récit complet au lecteur.

I stored the boat with the carcasses of an hundred oxen, and three hundred sheep, with bread and drink proportionable, and as much meat ready dressed as four hundred cooks could provide. I took with me six cows and two bulls alive, with as many ewes and rams, intending to carry them into my own country, and propagate the breed. And to feed them on board, I had a good bundle of hay, and a bag of corn. I would gladly have taken a dozen of the natives, but this was a thing the Emperor would by no means permit; and besides a diligent search into my pockets, his Majesty engaged my honour not to carry away any of his subjects, although with their own consent and desire.

Having thus prepared all things as well as I was able, I set sail on the twenty-fourth day of September, 1701, at six in the morning; and when I had gone about four leagues to the northward, the wind being at south-east, at six in the evening, I descried a small island about half a league to the north-west. I advanced forward, and cast anchor on the lee-side of the island, which seemed to be uninhabited. I then took some refreshment, and went to my rest. I slept well, and as I conjecture at least six hours, for I found the day broke in two hours after I awaked. It was a clear night. I ate my breakfast before the sun was up; and heaving anchor, the wind being favourable, I steered the same course that I had done the day before, wherein I was directed by my pocket-compass. My intention was to reach, if possible, one of those islands, which I had reason to believe lay to the north-east of Van Diemen's Land.

J'embarquai sur ma chaloupe la viande de cent bœufs et de trois cents moutons et autant de plats préparés que purent en fournir quatre cents cuisiniers. Je pris aussi avec moi six vaches et deux taureaux vivants, et un nombre égal de brebis et de béliers, car je voulais en introduire l'élevage dans mon pays. Pour les nourrir à bord, j'avais une botte de foin et un sac de grain. J'aurais volontiers emmené aussi une douzaine d'habitants du pays, mais l'Empereur s'y opposa formellement : en plus d'une fouille scrupuleuse de mes poches, Sa Majesté exigea de moi le serment de ne prendre à bord aucun de ses sujets, même s'ils y consentaient ou m'en faisaient la demande.

Après avoir tout préparé du mieux que je pus, je mis à la voile le vingt-quatre septembre mil sept cent un, à six heures du matin. J'avais parcouru environ quatre lieues plein nord, le vent soufflant du sud-est, lorsque vers six heures du soir j'aperçus une petite île à une demi-lieue au nord-ouest. Je mis le cap dessus et jetai l'ancre sous le vent à l'île, qui paraissait inhabitée. J'y pris un léger repas, et m'allai reposer. Je dormis bien et au moins pendant six heures, me sembla-t-il, car le jour se leva deux heures après mon réveil. La nuit était claire ; je déjeunai, puis levai l'ancre. Le vent était toujours favorable, et je fis route dans la même direction que la veille, m'orientant grâce à ma boussole. Mon dessein était d'atteindre, si je le pouvais, une de ces îles que j'avais quelque raison de croire situées au nord-est de la terre Van Diemen.

I discovered nothing all that day; but upon the next, about three in the afternoon, when I had by my computation made twenty-four leagues from Blefuscu, I descried a sail steering to the south-east; my course was due east. I hailed her, but could get no answer; yet I found I gained upon her, for the wind slackened. I made all the sail I could, and in half an hour she spied me, then hung out her ancient, and discharged a gun. It is not easy to express the joy I was in upon the unexpected hope of once more seeing my beloved country, and the dear pledges I had left in it. The ship slackened her sails, and I came up with her between five and six in the evening, September 26; but my heart leapt within me to see her English colours. I put my cows and sheep into my coatpockets, and got on board with all my little cargo of provisions. The vessel was an English merchantman, returning from Japan by the North and South Seas; the captain, Mr John Biddel of Deptford, a very civil man, and an excellent sailor. We were now in the latitude of 30 degrees south; there were about fifty men in the ship; and here I met an old comrade of mine, one Peter Williams, who gave me a good character to the captain. This gentleman treated me with kindness, and desired I would let him know what place I came from last, and whither I was bound;

Je naviguai tout le jour sans rien voir, mais le lendemain, vers trois heures de l'après-midi, étant, d'après mes calculs, à environ vingt-quatre lieues de Blefuscu, j'aperçus une voile faisant route vers le sud-est. (J'allais moi-même droit vers l'est.) Je hélai le navire, mais sans obtenir de réponse ; cependant, je vis bientôt que je m'en rapprochais, car le vent mollissait. Je mis tout ce que j'avais de voiles et une demi-heure plus tard on m'aperçut. Le navire tira un coup de canon et hissa son pavillon. La joie que je ressentis à me dire tout à coup que j'allais revoir mon pays bien-aimé et les êtres chers que j'y avais laissés, était vraiment inexprimable. Le navire mollit les voiles, et je l'abordai entre cinq et six heures du soir, le vingt-six septembre. A la vue du pavillon britannique je sentis battre mon cœur. Je mis dans les poches de mon habit mes vaches et mes moutons et montai à bord avec toute ma petite cargaison de vivres. Le vaisseau était un marchand anglais, qui revenait du Japon par la route maritime nord-sud, sous les ordres du capitaine John Biddel, de Deptford [1], un homme des plus courtois et un excellent marin. Nous nous trouvions alors par trente degrés de latitude Sud, et il y avait à bord environ cinquante hommes, parmi lesquels je retrouvai un vieux camarade, nommé Peter Williams, qui me recommanda chaleureusement au capitaine. Celui-ci se montra donc très aimable et me pria de lui dire d'où je venais et où je comptais me rendre.

1. Dans les faubourgs de Londres, près de Greenwich.

which I did in few words, but he thought I was raving, and that the dangers I underwent had disturbed my head; whereupon I took my black cattle and sheep out of my pocket, which, after great astonishment, clearly convinced him of my veracity. I then showed him the gold given me by the Emperor of Blefuscu, together with his Majesty's picture at full length, and some other rarities of that country. I gave him two purses of two hundred *sprugs* each, and promised, when we arrived in England, to make him a present of a cow and a sheep big with young.

I shall not trouble the reader with a particular account of this voyage, which was very prosperous for the most part. We arrived in the Downs on the 13th of April, 1702. I had only one misfortune, that the rats on board carried away one of my sheep; I found her bones in a hole, picked clean from the flesh. The rest of my cattle I got safe on shore, and set them a grazing in a bowling-green at Greenwich, where the fineness of the grass made them feed very heartily, though I had always feared the contrary : neither could I possibly have preserved them in so long a voyage, if the captain had not allowed me some of his best biscuit, which, rubbed to powder, and mingled with water, was their constant food. The short time I continued in England, I made a considerable profit by showing my cattle to many persons of quality, and others :

Je fis donc un bref récit de mes aventures, mais il crut que je divaguais et que les dangers que j'avais courus m'avaient dérangé la tête. Sur quoi je tirai de ma poche mes moutons et mes vaches noires, qui l'emplirent d'étonnement mais le convainquirent aussi de ma véracité. Ensuite je lui montrai l'or que m'avait donné l'Empereur de Blefuscu, et le portrait en pied de Sa Majesté, ainsi que d'autres curiosités de ce pays. Je lui donnai deux bourses de deux cents *sprugs* et promis qu'à mon arrivée en Angleterre, je lui ferais présent d'une vache et d'une brebis pleines.

J'épargnerai au lecteur le récit détaillé de ce voyage, qui fut dans l'ensemble très heureux. Nous arrivâmes en vue des Downs [1] le treize avril mil sept cent deux. Le seul incident fâcheux fut la perte d'une brebis, que les rats du bord m'enlevèrent et dont je retrouvai la carcasse dans un trou, nettoyée jusqu'à l'os. Mais je débarquai sans encombre toutes mes autres pièces de bétail, et les mis à paître sur le boulingrin de Greenwich, où elles se mirent à brouter de fort bon appétit, contrairement à mes appréhensions, car le gazon est là d'une finesse extrême ; elles n'auraient probablement pas supporté la fatigue de leur très long voyage, si le capitaine ne m'avait donné de ses meilleurs biscuits, qui, réduits en poudre et délayés dans de l'eau, furent leur seule nourriture à bord. Pendant le peu de temps que je passai en Angleterre, je gagnai des sommes considérables à montrer mes petits animaux aux gens de qualité et autres amateurs ;

1. A mi-chemin entre Douvres et Ramsgate. Son mouillage dispensait les navires de la périlleuse entrée dans la Tamise.

and before I began my second voyage, I sold them for six hundred pounds. Since my last return, I find the breed is considerably increased, especially the sheep; which I hope will prove much to the advantage of the woollen manufacture, by the fineness of the fleeces.

I stayed but two months with my wife and family; for my insatiable desire of seeing foreign countries would suffer me to continue no longer. I left fifteen hundred pounds with my wife, and fixed her in a good house at Redriff. My remaining stock I carried with me, part in money, and part in goods, in hopes to improve my fortunes. My eldest uncle John had left me an estate in land, near Epping, of about thirty pounds a year; and I had a long lease of the Black Bull in Fetter Lane, which yielded me as much more : so that I was not in any danger of leaving my family upon the parish. My son Johnny, named so after his uncle, was at the grammar school, and a towardly child. My daughter Betty (who is now well married, and has children) was then at her needlework. I took leave of my wife, and boy and girl, with tears on both sides, and went on board the *Adventure*, a merchant-ship of three hundred tons, bound for Surat, Captain John Nicholas of Liverpool, commander [...].

et, avant d'entreprendre mon deuxième grand voyage, je les vendis six cents livres. A mon dernier retour, j'ai trouvé que leur nombre s'était considérablement accru, surtout celui des moutons dont j'espère qu'ils seront d'un grand profit pour nos manufactures, à cause de la finesse de leur toison.

Je ne restai que deux mois avec ma femme et ma famille : mon insatiable goût des voyages ne me laissa pas un plus long repos. Je laissai à ma femme quinze cents livres sterling, et l'établis dans une bonne maison à Redriff. J'emportai avec moi le reste de ma fortune, tant en argent qu'en marchandises, dans l'espoir de m'enrichir un peu. Le plus âgé de mes oncles, John, m'avait laissé des terres près d'Epping, qui rapportaient trente livres de rente ; à Fetter Lane j'avais en bail à long terme l'auberge du Taureau Noir qui en donnait autant ; aussi je ne craignais pas de laisser ma famille en charge à la Paroisse [1]. Mon fils, qui s'appelle Johnny, comme son grand-oncle, allait au collège et se montrait fort docile ; ma fille Betty (qui fit depuis un bon mariage et qui est mère de famille) apprenait alors à coudre et à broder. Je fis mes adieux à ma femme, à mon fils et à ma fille, et il y eut quelques pleurs versés des deux côtés ; puis je m'embarquai sur l'*Aventure*, marchand de trois cents tonneaux, en partance pour Sourât, sous le commandement du capitaine John Nicholas, de Liverpool [...].

---

1. Swift a écrit plusieurs tracts sur l'organisation paroissiale de la charité. Comme Doyen de St Patrick's à Dublin, il était mêlé directement à ces problèmes.

DANS LA MÊME COLLECTION

ANGLAIS

DAHL *Two fables* / La princesse et le braconnier
FAULKNER *As I lay dying* / Tandis que j'agonise
SWIFT *A voyage to Lilliput* / Voyage à Lilliput
UHLMAN *Reunion* / L'ami retrouvé

ALLEMAND

GOETHE *Die Leiden des jungen Werther* / Les souffrances
du jeune Werther
GRIMM *Märchen* / Contes

RUSSE

GOGOL *Записки сумасшедшего* / *Нос* / *Шинель* / Le journal
d'un fou / Le nez / Le manteau
TOURGUÉNIEV *Первая любовь* / Premier amour

ITALIEN

MORAVIA *L'amore conjugale* / L'amour conjugal *(à
paraître)*
PIRANDELLO *Novelle per un anno* / Nouvelles pour une
année (choix)

ESPAGNOL

BORGES *El libro de arena* / Le livre de sable
CARPENTIER *Concierto Barroco* / Concert baroque *(à
paraître)*

COLLECTION FOLIO

*Répertoire des auteurs
traduits de l'anglais*
Titres disponibles
Octobre 1990

COLLECTION FOLIO

Dernières parutions

Impression Bussière à Saint-Amand (Cher),
le 11 septembre 1990.
Dépôt légal : septembre 1990.
Numéro d'imprimeur : 1316.
ISBN 2-07-038309-1./ Imprimé en France.